中公文庫

高知・龍馬　殺人街道

西村京太郎

JN009548

中央公論新社

目次

高知・龍馬　殺人街道

第一章　日本洗濯

1

佐伯《さえき》が編集している『歴史ジャーナル』では、去年の十月に、龍馬《りょうま》特集をやった。

その際、もし、現在、坂本龍馬が生きていたら、坂本龍馬に、何を望むかという題で、四百字詰原稿用紙二十枚から三十枚の原稿を募集した。

龍馬人気が幸いしたのか、締め切りの四月末日までに五百篇を超す原稿が集まった。

それを、佐伯は一人で見ていった。

部長の中村が、佐伯を呼んで、

「どうだ、いいのが集まったか？」

と、きいた。

「まあまあのものは、集まりましたが、飛び抜けていいものは、見当たりませんね。

僕としては、この女性のものが、いちばんだと思いますが」

といって、三十枚の原稿を中村に渡した。

「名前は、小西恵理、二十歳《はたち》の女子大生です」

と、佐伯はいった。

「女子大生か。話題性があって、なかなかいいじゃないか。この原稿のどこが、いいんだ？」

と、中村がきく。

「龍馬の例の、船中八策《せんちゅうはっさく》に触れています」

と、いった。

慶応三年（一八六七）六月九日、龍馬は、後藤象二郎《ごとうしょうじろう》と、船で長崎から兵庫に向かった。

この時、船内で、龍馬が起草した八カ条の新しい国家体制の構想が、有名な「船中八策」である。

一、天下の政権を朝廷に奉還せしめ、政令よろしく朝廷より出《い》づべき事

に始まって、今でいえば、「帝国議会の開催」から「内閣制度」「関税の自主権の回復」までを論じている。そして、最後をこう結んでいる。

「以上八策は、方今天下の形勢を察し、これを宇内《うだい》万国に徴するに、これを捨てて、他に済時の急務あるなし。いやしくもこの数策を断行せば、皇運を挽回《ばんかい》し、国勢を拡張し、万国と並立するも、また敢《あ》へて難しとせず。伏して願はくは公明正大の道理に基づき、一大英断をもつて天下と更始《こうし》一新せん」

これが、明治政府の政策の基礎になったともいわれている。

「そうだろうね。誰もが、龍馬といえば、船中八策を思い浮かべる」

と、中村がいった。

「応募原稿のほとんどが、今、部長がいわれたように、龍馬の船中八策に触れているんですが、この女子大生の原稿のいいところは、新しい現代の船中八策を書いているところなんです。それが、いかにも今の女子大生らしい発想で、面白いんですよ。読んでいただければ、わかりますが」

と、佐伯がいった。

「じゃあ、楽しみに読ませてもらおう」

と、中村がいった。

確かに、軽いが面白い原稿だった。

しかし、佐伯には、気になる原稿がもう一つあった。いや、当選作の女子大生の原稿よりも、こちらのほうが、気になるといってもよかった。

しかし、こちらが、当選することはないだろう。

というのは、二十枚から三十枚と、条件をつけているのに、送られてきた原稿は、一応二十枚が綴《と》じられているのだが、そのうちの二枚しか、書かれていなかったからである。

それも、毛筆で書いたと思われる大きな字が、四百字詰原稿用紙の中に躍っている。それが、二枚だけなのである。残りの十八枚は、白紙だった。

〈私は、現代の坂本龍馬である〉

と、最初に、筆で太く書かれていた。そして、次の文章に続いている。

〈明治維新の時、坂本龍馬は、こう書いている。
今の日本は、洗濯すべきである。洗濯しなければならぬ、と。今の日本も、同じように洗濯する必要がある。
私は、坂本龍馬だ。これは、冗談でいっているのではない。坂本龍馬だから、私は必ず、現代の日本を洗濯する。

政治家は、私利私欲に走り、資本家は、金儲《もう》けだけを考えている。国民は義務を忘れ安逸《あんいつ》をむさぼっている。こんな日本であるから、私は、今から必ず、洗濯を始める。

これを読む編集者に警告する。これは、単なる応募原稿ではない。

これは、宣言書である〉

これだけの文章だった。署名は、坂本龍馬。その上、仰々しく、血判が押されている。「今の日本は、洗濯すべきである」というのは、あの有名な、龍馬から姉の乙女にあてた手紙からの、発想だろう。

（現代の坂本龍馬か）

とつぶやいて、佐伯は苦笑した。

確かに、バカバカしい。たぶん、誰が読んでも、苦笑するだろう。

部長の中村に渡したら、中村は、きっと、こういうに違いない。

「困ったもんだ。木の芽時になると、こういうおかしな人間が、出てくるもんだよ」

佐伯自身だって、最初に、この原稿というか、宣言文に目を通した時、苦笑してしまった。

しかし、苦笑しながらも、胸のどこかで不安を感じたのだ。その不安は、今も消えていない。

ひょっとして、この男は、自分の書いたことを、実行するのではないだろうか？

そんな不安だった。

この男は、少しおかしいのかも知れない。しかし、もし、おかしいのであれば、さらに、不安になってくる。何をするか、わからないからである。

しかし、どうしたら、いいのだろうか？

この自称、坂本龍馬の応募原稿には、住所が書いていなかった。小包の消印は、高知市内になっている。高知（土佐）は、龍馬の生れたところである。

警察に連絡しようか、とも思った。しかし、警察も取り合ってくれないだろう。悪ふざけと思うに、違いなかった。

それでも、こちらが強くいえば、

「そんなにご心配なら、一応、調べてみましょう」

とは、いってくれるだろう。しかし、本気で調べてくれるとは、思えなかった。

佐伯にも、結局、この原稿の扱いを、どうしていいのか、わからなかった。

わからないままに、六月二十日に『歴史ジャーナル』の七月号が出版され、現代の坂本龍馬に望むという題の五百篇を超す応募原稿の中から、あの女子大生の作品が、当選作として発表された。賞金は百万円である。

しかし、反響は、ほとんどなかった。佐伯は、現代の若者らしい船中八策だと思って、当選作とした。確かに、若者らしい発想なのだが、ただそれだけということで、反響がなかったのだろう。

しかし、その代わりのように、五日後の六月二十五日の朝、川辺《かわべ》重工業の社長、川辺豊《ゆたか》が、射殺された。

2

川辺重工の社長、川辺豊の自宅は、東京の世田谷区等々力《とどろき》にある。敷地五百坪の豪邸である。

川辺は、今年六十歳、還暦である。ラグビーで鍛《きた》えた身体《からだ》は、今でも頑健だった。

彼が、日課としていることがある。それは、早朝の散歩だった。

朝食前に、愛犬のラブラドールを連れて、散歩をするのが、毎日の日課だった。

愛犬の名前は、ジュリである。それは、孫娘の名前だった。

その日、六月二十五日も、朝五時半には、愛犬のジュリを連れて、川辺は、散歩に出かけた。いつもコースは、決まっている。

歩いて十五、六分のところにある、小さな公園に行く。そこで、五、六分、ジュリを遊ばせてから、ゆっくりと、歩いて帰ってくる。これが、自分の身体の健康にもいいと、川辺は信じていた。

いつもは、四、五十分で散歩から帰ってくるのだが、その日は、一時間経《た》っても、川辺は、帰ってこなかった。

食事を作っていた妻の恵子が心配し、住み込みの運転手に、探してきてくれと頼んだ。

運転手の木村は、川辺家の運転手として、すでに、二十年勤めている。木村は、すぐに車を運転し、いつも川辺が散歩するコースをたどってみた。

そして、公園までやって来て、車から降りて中に入っていくと、池の近くに、川辺豊が、倒れているのを発見した。

愛犬のジュリも、そのそばに、血を吐《は》いて倒れていた。

最初は、１１９番して、救急車を呼んだのだが、すぐパトカーを、呼ぶことになった。

倒れている川辺豊が、すでに死亡していたし、その上、胸に、二発の銃弾を受けていることが、わかったからである。

愛犬のラブラドールのほうも、銃で撃たれていた。それがわかって、大騒ぎになった。警視庁からも、十津川《とつがわ》警部をはじめ、捜査一課の刑事たちが、現場に駆けつけた。

川辺は、夏物の白いセーターを、着ていたのだが、その白いセーターが、血で真っ赤に染まっていた。

検死官は、その傷を調べてから、

「胸に、二発命中している。かなりの至近距離から撃たれたんじゃないかな。犬のほうも、同じように撃たれているね」

と、十津川警部に向かっていった。

川辺重工は、戦前からの会社だが、現在では、防衛産業でも、大きな力を発揮していた。陸上自衛隊の戦車や火器の製造でも、力があったし、航空自衛隊のジェット練習機の製造にも関係してきている。

社長の川辺豊の死体は、すぐ、司法解剖に回された。

捜査に当たる十津川警部は、内心、

（この事件は、ややこしいな）

と思っていた。

最近、川辺重工は、防衛庁の調達課長に、賄賂《わいろ》を贈ったということで、検察の捜査を受けていたからである。

結局、川辺重工側の営業部長が、突然、自殺してしまい、事件もうやむやになった。

それでも、川辺社長の責任を、追及する声は、現在も強い。

したがって、その方面からの犯行の線もある。

ほかに、川辺社長は、女性関係も派手だった。川辺と、これまでに、ウワサになった女性は、五、六人はいた。彼の行きつけのクラブのママともウワサがあったし、女優のＹともウワサになった。

そのほかに、料亭の女将《おかみ》の名前も、週刊誌に、書き立てられたことがある。したがって、痴情《ちじょう》のもつれからの犯行の線も考えられた。

捜査本部が置かれた。

司法解剖の結果もわかった。死んだ川辺豊の胸部から、二発の弾丸が摘出《てきしゅつ》された。

二発とも、先端を平たくした、いわゆるフラットノーズという、最初から殺傷を目的とした弾丸である。その口径から見て、おそらく、使われた拳銃《けんじゅう》は、トカレフであろう。

捜査会議の席上で、十津川は、三上本部長に、まず、自分の考えを説明した。

「川辺重工は、三カ月前に、防衛庁への賄賂問題で、揉《も》めたことがあります。川辺重工の営業部長一人が自殺して、事件そのものは、うやむやに、なってしまいましたが、社長の川辺豊の責任を追及する声が、一部では上がっています。その声は、まだ消えていません。ですから、そのことに怒った人間が、社長の川辺豊を、射殺したことが考えられます。もう一つは、被害者の女性関係です。女性関係が派手なことは、たびたび週刊誌に、取り上げられていますが、今も、何人かの女性と関係があるといわれています。そうした痴情のもつれからの犯行の線も考えられます。それで、この二つの線で、捜査していきたいと、私は、考えています」

と、十津川はいった。

「犬も撃たれていたんだろう？」

と、三上本部長がきいた。

「そうです。愛犬のラブラドールも、二発撃たれて死んでいます」

「とすると、犯人は、四発撃ったことになる。その銃声を、きいた者は、いないのかね？」

と、三上がきいた。

「現在、その線で、きき込みをやっていますが、まだ、銃声をきいたという人間は、見つかっていません。犯人は、サイレンサーを、使ったのかも知れません」

と、十津川はいった。

「サイレンサー付きの拳銃を使ったとすると、犯人は、プロじゃないのかね？」

と、三上がきいた。

「その線も考えられますが、しかし、最近は、拳銃が手に入れやすくなっていますから、必ずしも、プロと限定することは、できないと思っています」

と、十津川はいった。

「ほかに、犯人について、考えていることはないのか？」

と、三上本部長がきいた。

「犯人は、N公園で、待ち伏せしていたと思われます。被害者の川辺社長は、毎朝、犬を連れて、N公園まで散歩するのが、日課になっていますから、犯人は、そのことを知っていて、公園で待ち伏せしていたのだと思われます」

「ということは、犯人は、被害者のことをよく調べているということだな」

「そうだと、私は、思っています」

と、十津川はいった。

3

翌日から、刑事たちは、現場周辺のきき込みと同時に、被害者、川辺豊の周辺を、調べていった。

相変わらず、銃声をきいたという人間は、なかなか現れない。

その代わりのように、Ｎ公園の近くで、朝の五時すぎに、シルバーメタリックの車が停《と》まっているのを見たという目撃者が、現れた。

目撃したのは、新聞配達の青年で、彼の証言によれば、その車は、どうやら、日産のブルーバードらしい。

ただし、ナンバーは、わからない。

彼が見た時、運転席には、誰もいなかったという。その時刻は、五時十五、六分頃である。

そして、彼が新聞配達を終えて戻ってきた時、六時十分過ぎ頃には、もう、その車は見えなくなっていたという。

今のところ、その車、シルバーメタリックの日産ブルーバードが、今回の事件に、関係しているかどうかは、わからなかった。

しかし、時間的には、被害者の川辺豊が、自宅を出たのは、五時三十分頃。Ｎ公園までは、歩いて十五、六分かかるから、被害者が、公園に着いたのは、六時前だろう。とすると、その車は、五時すぎから六時すぎまで、正確には、六時十分頃までの間、公園のそばに停まっていた可能性がある。

そういう時間的なことを考えれば、あるいは、事件に関係があるのかも知れない。

ただ、この車の線を追っていくのは、かなり、難しかった。

何しろ、シルバーメタリックの日産ブルーバードは、都内に無数にあるし、ナンバーもわからなかったからである。

そこで、十津川は、まず、政治結社の線を調べてみた。

川辺重工が、防衛庁に賄賂を贈ったということで、両者の責任問題がうんぬんされた時、右翼の一部が、川辺重工本社前に街宣車を停め、大音量で不正を訴えていたからである。

しかし、いくら調べてみても、今回の事件に右翼が動いたという話は、きけなかった。

もう一方、被害者の女性関係である。

刑事たちは、今までに、ウワサに上った女性の一人一人に、当たっていった。

川辺の女性関係を書いた、週刊誌の記者にも、刑事たちは、会って話をきいた。

十津川と亀井刑事の二人は、等々力にある川辺の自宅を訪ねた。そこで、川辺の妻の恵子に会った。

恵子は、夫の川辺より五歳年下の五十五歳である。昔は、スチュワーデスで、川辺が、恵子が搭乗している飛行機でアメリカに行ったことがあって、その時、川辺のほうが見初《みそ》めて、結婚したのである。

それだけに、今でも、恵子は、スタイルが良く、美しく見える。

「あの日、私が一緒に散歩に行っていればと思います」

と恵子は、十津川たちにいった。

「こんな時に、いろいろと質問するのは、心苦しいのですが」

と十津川がいうと、恵子は大きく息をついて、

「今日おききになりたいのは、主人の女性関係なんじゃありません？」

と、いった。

「その通りです。よろしければ、そのことをお話ししてくれませんか」

と、十津川はいった。

「主人は、九州の熊本の生まれです」

と、恵子がいう。

「九州男児ですか？」

「ええ。ですから、よくいっていました。英雄、色を好むって。私にしてみれば、男の勝手な、言い訳なんですけど、主人が、女性にモテたことも本当ですわ」

と、恵子がいった。

「失礼と思いましたが、川辺さんと関係があったと思われる、女性五人の名前を、ここに書いてきたんですが、この中で、最近まで付き合いのあった人は誰か、教えていただけませんか？」

と、十津川はいった。

彼の差し出したメモを、恵子は見ていたが、

「このうち、最近まで付き合いがあったというのは、私の知っている限りでは、この銀座のクラブのママの藤原史江《ふみえ》さんと、女優の藪井《やぶい》麻希子《まきこ》さん、この二人だけです」

と、いった。その後で、

「ここには書いてありませんけど、もう一人、いるんですよ」

と、いった。

「その方の名前を、教えていただけませんか？」

「名前は、井口博子《ひろこ》さん。今年、四十六になっているはずです。この人にはね、娘さんが一人いるんですよ。確か、今年で、二十歳になっています。その娘さんを、主人は、認知しています。名前は、確か、みどりさん」

と、恵子がいった。

十津川は、その井口博子と娘のみどりの名前と年齢も、手帳に書き留めた。

「失礼ですが、奥さんは、その井口博子さんに会ったことは、あるんですか？」

と、十津川がきいた。

「いいえ。でも、娘さんには、会ったことがありますよ。確か、現在、T大学の二年生だったと思いますよ」

と、教えてくれた。

「できれば、住所も、ご存じでしたら、教えていただきたいのですが」

と、十津川が頼むと、

「詳しい住所は、忘れましたけど、確か、四ツ谷駅近くのマンションに、住んでいるはずですわ」

と、恵子がいった。

4

「もう一つ、うかがいたいのですが、最近、ご主人が、脅迫の手紙やメールを、受け取ったということは、ありませんでしたか？」

と、十津川がきいた。

「そういう手紙でしたら、よく来ていました。特に、川辺重工が、防衛庁との間の賄賂問題で、ウワサになった時は、日に二、三通の脅迫の手紙が来ていました」

と、恵子がいった。

「最近も、同じような脅迫の手紙が、来ていますか？」

と、十津川がきくと、

「最近は少なくなりました。でも、月に一、二通は、来ていますよ。あ、それから、お金を、貸してくれという手紙もね」

と、恵子はいった。

「では、そうした手紙を、全部預からせていただきたいのですが」

と、十津川がいった。

恵子は、すぐ、手紙の束を持ってきて、十津川に渡してくれた。全部で、五十通くらいはある。そのほとんどが、川辺重工と防衛庁の間の賄賂が、ウワサになった二月頃に、集中していた。

「これを検討してみたいので、お借りしていきます」

と、十津川はいった。

その五十通余りの手紙を捜査本部に持ち帰ると、部下の刑事たちに、読ませることにした。

その差出人は、ほとんどが、名前がなかったが、中には、黄金仮面とか、怪人二十面相などと書かれたものもあった。

「その中で、いちばん最近のものは、どれだ？」

と、十津川がきいた。

亀井刑事が、

「おそらく、これが、いちばん最近だと、思われます」

といって、一通の封筒を、十津川に渡した。

消印は、六月二十一日の午前中になっていた。高知市内のものだった。

ほとんどの脅迫文が、筆跡がわからないように、パソコンで打たれたものと思われるのだが、その六月二十一日の手紙は、毛筆によるものだった。

宛《あ》て名は、川辺重工社長殿となっている。そして、裏を見ると、そこにあった名前は、坂本龍馬だった。

（ふざけたヤツだ）

と、内心、苦笑しながら、十津川は、その中にあった便せんを取り出した。その便せんにも、筆で書かれた文字が並んでいた。

〈私は、現代の坂本龍馬である。日本を洗濯してやる。

現代の日本は、汚れている。その薄汚れている日本を洗濯してやるのだ。きれいになるぞ。

その第一歩として、私は、川辺重工の社長、川辺豊を、最初に洗濯すべき汚れとして、名前を挙げる。覚悟しておけ。

坂本龍馬〉

そしてなぜか、その下に血判が押されてあった。

「これを、どう思うね？」

と十津川は、亀井にきいた。

亀井は、便せんに書かれた毛筆の文字を見ていたが、

「ふざけた野郎ですね。自分を坂本龍馬といったり、名前の下に血判まで押したりしてあるじゃないですか。あまりにも、大げさ過ぎますよ」

と、いった。

「確かに、大げさだな。誇大妄想みたいなところがあるんじゃないか？」

と、十津川もいった。

翌日、十津川と亀井は、被害者、川辺豊の妻、恵子から教えられた、井口博子に会いに行った。

四谷三丁目近くの、高層マンションの一室に、井口博子は、住んでいた。娘のみどりは、大学に行っていて、まだ帰ってきていないという。

十津川と亀井は、井口博子から、川辺豊との関係をきくことにした。

最初、博子は、話したくなさそうな様子だったが、川辺豊の妻の恵子にきいてきたというと、

「それなら、お話ししますけど、私が二十代の時、川辺社長の秘書をやっていたんです。社長とは、その時に関係ができてしまって、私は、会社を辞めました」

と、博子はいった。

「そして、娘さんが、生まれたんですね？」

「ええ、最初は、川辺さんには黙っていたんですけど、そのうちに、やはり、娘の将来のことが心配になってきて、川辺社長にお話ししました。そうしたら、娘のみどりを、認知してくださったのです。それから、娘の学費なども、援助していただいています」

と、博子はいった。

「それでは、川辺社長が死んだことは、ショックだったでしょうね？」

と、十津川がきいた。

「ええ、ひどいショックでした。私にとって、川辺社長は、立派で、尊敬していた人なんですよ。そんな人が、どうして、殺されなくてはいけないのか、今でもわかりません」

と、博子はいった。

「あなたのほかにも、川辺社長さんには、何人か、女性関係があったのは、ご存じでしたか？」

と、十津川がきいた。

「ええ、知っていました」

とだけ、博子がいった。

「たとえば、銀座のクラブのママの、藤原史江さんのことは、知っていましたか？」

と、亀井がきいた。

すると、博子は小さく笑って、

「あのクラブのママさんとの関係は、私が社長の秘書をやっていた時からですから、よく知っています。私が社長に頼まれて、お金を届けたこともありますもの」

と、いった。

「彼女とは、今でも、関係が続いているのは、知っていますか？」

「それは、知りませんでしたけど、そうなんですか、今でも続いているんですか？」

と、博子がいった。

「それと、もう一人、藪井麻希子という女優さんの名前があるんですが、この人のことは、どうですか？　ご存じですか？」

と、亀井がきいた。

「いいえ、その方のことは、存じません。私が、秘書を辞めてからのことだと、思いますけど」

と、博子がいった。

十津川と亀井は、次に、その女優の藪井麻希子に会いに行った。

彼女は、中堅の女優なのだが、現在、テレビにも映画にも出ていない。念のために、所属プロダクションにきいてみると、引退して、今は、中央線の中野駅のそばでスナックをやっているという。

そこで、二人は、中野に向かった。

中野駅前の商店街の中に、そのスナックはあった。五階建てのビルの一階にあるスナックで、かなりの広さがあり、従業員も五人使っていた。

そこでママをやっている藪井麻希子に会った。

現在、三十八歳のはずだが、さすがに元女優だけあって、華やかな顔立ちをしている。

おそらく、この店を出す資金は、川辺が出したものだろう。

十津川が、単刀直入に、川辺社長とは、川辺との関係をきくと、

「ええ、確かに、お付き合いがありましたわ。私が、まだ、女優をしていた頃、社長の会社のコマーシャルに、出たことがあるんです。それ以来のお付き合いです」

と麻希子は、隠さずにいってくれた。

「最近も、お付き合いがあったようですね？」

と、亀井がきいた。

「ええ、時々、この店にもいらっしゃっていました」

「社長の死んだことは、ショックだったんじゃありませんか？」

と、十津川がきいた。

「ええ、大変な、ショックでした。誰が、あの社長さんを殺したんでしょうか？」

と麻希子は、逆に、十津川にきいた。

「今、それを調べているところなんですよ。最近、あなたと川辺社長とは、どんな様子だったんですか？　うまくいっていたんですか？　それとも、うまくいってなかった？」

と、十津川がきいた。

「こんな関係ですから、時には、ケンカをすることもありましたけど、でも、六月の初めにも、社員の方をつれて、店に来てくださったんですよ」

と、麻希子がいった。

「失礼なことをうかがいますが、川辺社長から、経済的な援助を、受けていらっしゃいましたか？」

と、十津川がきいた。

「正直に申し上げましょう。確かに、経済的な援助を、受けていました。でも、そのことが、事件に関係があるとは、思えませんけど」

と、麻希子がいった。

「月に、いくらぐらいの、援助を受けていたんですか？　差し支《つか》えなければ、教えていただきたい」

と、十津川がいった。

「いわなければ、いけません？」

「何しろ、殺人事件ですからね。できれば、いっていただきたいんですよ」

「月に、二百万の援助を受けていました」

と、麻希子がいった。

「最近もですか？」

と、十津川がきく。

「ええ、毎月一日に、そのお金を、社長自身か、秘書の方が持ってきてくださるのですが、今月の一日にも、きちんといただきました」

と、麻希子はいった。

（もし、それが本当ならば、この女は、川辺社長を殺したりはしないだろう。何しろ、毎月二百万ものお金をもらっている相手なのだ）

と、十津川は思った。

最後に、銀座のクラブのママ、藤原史江に会おうと思ったが、店に電話をしてみると、まだ来ていないという。

仕方がないので、十津川たちは、いったん捜査本部に、戻ることにした。

捜査本部に戻ると、部下の西本刑事が、

「警部に、お客さんが来ていますよ」

と、いった。

「お客って、誰だ？」

と、きく。

「佐伯という、雑誌の編集長なんです。何でも、警部に話したいことがあるといって、さっきから、お待ちです」

と、西本がいった。

十津川が、会ったことがない相手だった。

応接室に行くと、三十代の男が待っていた。

「十津川ですが」

と、挨拶《あいさつ》すると、男は、

「川辺重工の社長が殺された事件を捜査されている、責任者の方ですか？」

と、念を押した。

「そうですが、何か、事件のことでいらっしゃったのですか？」

と、十津川がきいた。

「正直にいうと、事件に本当に関係があるかどうかは、わからないのですが、私の知っていることが、もしかすると、川辺社長殺しに関係があるのではないか、そう思って、お話しに来たのです」

と、いった。

「とにかく、それを、話してください」

と、十津川はいった。

佐伯は、自分が編集しているという『歴史ジャーナル』の七月号を取り出して、十津川の前に置いた。

「表紙に、現代と坂本龍馬というタイトルが、書いてあるでしょう？　去年の十月に、現代の日本に、坂本龍馬が現れたとしたら、龍馬に何を望むか、それを、二十枚から三十枚にまとめた原稿を、募集したんです。そうして、その当選作が今月号に、載っているんですが、五百篇の中から選ばれたものです」

と、佐伯がいった。

「その当選作が、何か、事件と関係あるんですか？」

と、十津川がきく。

「いや、この雑誌に載った当選作は、問題じゃないんです。先ほども申し上げたとおり、その時、応募原稿は五百篇以上あったんですが、その中に一つだけ、妙に、気になるものがありましてね。そのことで、今日、うかがったんですよ。その原稿というのは、わずか、二枚の原稿なんですが、それに妙なことが書いてあったので、今でも気になっているんです」

というと、佐伯は、今度は、その原稿を、十津川の前に置いた。

二十枚の原稿だが、ページをめくってみると、最初の二枚にしか、文字が書かれていなかった。それも、毛筆で書かれた大きな文字である。

十津川は、その文字を読んだ。

〈私は、現代の坂本龍馬である〉

その書き出しに、十津川は、記憶があった。あの脅迫文と同じなのだ。

そして、こちらの原稿の最後も、署名が坂本龍馬になっていて、血判がしてあった。

十津川の表情が、自然に、険しいものになっていった。

それを見ていて、佐伯という編集長は、

「何か、思い当たることが、あるんですか？」

と、きいた。

「そうだ。あなたにも、こちらの持っている手紙を見てもらいたい」

といって、十津川は、例の脅迫の手紙を持ってきて、それを佐伯に見せた。

佐伯は、中の便せんに目をやってから、驚いた表情になって、

「これは、明らかに、同一人物ですね」

と、いった。

「警部さんは、どう思われますか？　この自称、坂本龍馬という男が、川辺重工の社長を殺したと、思われますか？」

（いやに熱心な口調になっているな。もし、今ここで、自分が、犯人はこの男だと思うといえば、すぐに、それを、自分の会社で出している週刊誌ででも、記事にするつもりだからだろう）

そう思ったので、十津川は、逆に、慎重になった。

「今の段階では、まだ、何ともいえませんね」

と、いった。

佐伯のほうは、強い目つきになって、

「しかしですね、警部さん。この男は、私のところに送ってきた応募原稿にも、そちらの脅迫の手紙にも、同じように、自分は、坂本龍馬である。だから、現在の日本を洗濯してやる。つまり、洗ってやるといってるんですよ。その手始めに、川辺重工の社長の川辺豊を、殺したんじゃないですかね？　あの社長は、前に、防衛庁との間に、賄賂《わいろ》のウワサが立ったでしょう？　それは、いったんは、立ち消えになっていますが、社長の川辺豊の責任を問う声は、まだ残っているんです。この坂本龍馬を自称している男は、このウワサを信じて、川辺豊を殺し、自分では、日本の洗濯をしたと、思っているんじゃないでしょうか？　この二つを読めば、どうしたって、そうとしか思えませんよ」

と、いった。

「確かに、そうですが、しかし、こういう大言壮語をする人間というのは、たいがい、実行はしないものです。ただ、大げさな言葉を書いたり、それを送ったりして、喜んでいるだけのことが多いんですよ。ですから、この男が、川辺社長を殺したとは、今の段階では、断定できませんね」

と、十津川がいった。

「断定はできなくても、可能性はある、そう思われるんじゃありませんか？」

と、佐伯が食い下がった。

あくまでも、十津川から言質《げんち》を取って、それを記事にするつもりらしい。

それが読めたので、十津川は、ますます用心深くなった。

「今、われわれが、捜査しなければならない範囲は、ひじょうに、広いんですよ。その中の一つとして、この自称、坂本龍馬という男も調べることになると思いますが、今の私としては、正直にいって、あまり重要視はしていません」

と、いった。

「何でですか？　ここには、明らかに、坂本龍馬気取りの男が、川辺社長への脅迫文を書いているじゃありませんか？」

と、佐伯はいった。

十津川は笑って、

「川辺社長への脅迫文は、ここ三、四カ月でも、五十通を超えているんですよ。これよりも、もっと激しい口調の脅迫文で、〈殺してやる〉と、書いているものも、たくさんあるんです。この坂本龍馬を名乗る人間の脅迫文は、その中の一通ですからね。つまり、五十分の一の意味しかないんです」

と、十津川はいった。

「しかし、調べることは、調べるんでしょう？」

と、なおも、佐伯は食い下がる。

「ええ、もちろん、調べますよ。しかし、今もいったように、五十分の一の問題として調べるんです」

と、十津川はいった。

「しかし、この二つの文章は、同一人物が書いたものだと、警部さんも認めたじゃありませんか？」

「確かに、同一人物だと、思いますよ。消印も同じ高知ですからね。しかし、今もいいましたように、こういう大げさな文章を書いたり、手紙を送りつけてきたりするような人間というのは、たいていは、実行力が伴なわないものなんですよ。つまり、こういうことを書いたというだけで、満足してしまうんです。そんな人間を、私は、何人も見てきましたからね。佐伯さんが意気込むほど、私は、この男を、重要視できないんです」

と、十津川はいった。

「では、この男について、うちのほうで調べても、構いませんね？」

と、佐伯が、じれたようにいった。

十津川はまた笑って、

「もちろん、結構ですとも。ぜひ、そちらで調べてください。ただ、何かわかったら、私に連絡してください」

と十津川はいい、自分の携帯電話の番号を、佐伯に教えた。

佐伯は、不満気な顔で帰っていった。

その後、十津川は、亀井を呼んだ。亀井には、佐伯が持ってきた原稿のコピーを見せた。

「『歴史ジャーナル』という雑誌が、去年の十月に、現代に坂本龍馬が現れたとしたら、何を望むかという題で、原稿を募集した。五百篇以上の応募があったらしいが、その中に、自称、坂本龍馬の原稿があった」

亀井も、緊張した顔になって、

「また、坂本龍馬ですか？　ふざけた奴《やつ》だと思いますが、こうして二つ揃《そろ》うと、何か、気になってきますね」

と、いった。

「その点、同感なんだ」

と、十津川がいう。

「それで、佐伯という編集長には、何とおっしゃったんですか？」

「あの男は、警察に協力しに来たと同時に、ネタを取りにも、来ているんだよ。つまり、われわれが、勢い込んで、この坂本龍馬を名乗る男を捜査するといえば、すぐ、そのことを自分の会社の週刊誌で、記事にするつもりだ。そうなると面倒になって、捜査の妨害にもなり兼ねないからね。だから、わざと、気のない振りをしてやった。そうしたら、ガッカリした表情で、帰っていったよ」

と、十津川は笑った。

「それだけですか？」

と、亀井がきく。

「警察が、調べないなら、自分たちで調べる、そういって、佐伯さんは帰っていったよ」

「なるほど。捨てゼリフというヤツですか」

「まあ、出版社のほうで調べてくれても、こちらは、いいと思っている」

「それで、警部も、この自称、坂本龍馬について、捜査されるつもりでしょう？」

と、亀井がいった。

「もちろん、捜査するさ。私も、カメさん同様、この男のことが、引っかかっているからね」

と、十津川はいった。

「警部は、この脅迫状の坂本龍馬が、どんな人間だと思われますか？　女の可能性もあると思いますか？」

と、亀井がきいた。

「この筆跡は、明らかに男だよ。こういう文字は、男の文字だ。だから、男だと思うが、どんな男なのかは、今のところ、まったく見当がつかない」

と、十津川がいった。

「まともな男でしょうか？　それとも、誇大妄想でしょうか？」

と、亀井がきく。

「そうだな」

と、十津川は考えて、

「誇大妄想とは、思えないな。確かに、自分のことを坂本龍馬と書いているのは、少しばかり、誇大妄想的なところがあるからだろう。しかし、この脅迫状の手紙や文章は、まともだよ」

「手紙の消印は、高知市内になっていましたね」

「そうなんだ。さっき、佐伯さんが持ってきた原稿だが、それが入っていた封筒の消印も、高知市内になっていた」

と、十津川はいった。

「高知の人間でしょうか？　それとも、龍馬が好きなので、わざわざ、高知まで行って、投函《とうかん》したんでしょうか？」

と、亀井がいう。

「今は、どちらともいえないな」

と、十津川がいった。

「坂本龍馬の信奉者でしょうか？」

と、亀井がきいた。

「たぶん、そうだろうね。自分を坂本龍馬になぞらえているんだ。もちろん、もし、この男が川辺社長を殺したのだとすれば、その殺人は、坂本龍馬の考えとは、違っている。しかし、自分では、正しいことをやったと思っているんだろう」

と、十津川がいった。

「この脅迫男は、雑誌社の原稿募集にも、応募したわけですね？」

と、亀井がいった。

「そうだよ」

と、十津川はいった。

「なぜ、応募したんでしょうか？」

と、亀井がきいた。

「明らかに、売名行為だと、私は思うね。つまり、マスコミで、自分のことを、取り上げてもらいたかったんだろう。それにもう一つ、『歴史ジャーナル』という雑誌が、募集した原稿の条件は、二十枚から三十枚の範囲になっている。それなのに、この男は、たった二枚しか原稿を書いていない。だから、初めから当選することは、考えていないんだ」

「つまり、雑誌、『歴史ジャーナル』の編集部に、自分の存在を知ってほしくて、送ったんですか？」

「そういうことになってくるんだよ」

と、十津川はいった。

「その募集原稿の締め切りは、いつだったんですか?」

　と、亀井がきいた。

「編集長の話では、四月末日だといっている。そして、五月に入ってから、その中から選んで、当選作一篇が、六月二十日発売の『歴史ジャーナル』七月号に載った。当選したのは、現役の女子大生だ」

　と、十津川がいった。

「女子大生ですか」

　と、亀井がいう。

「面白いのは、六月二十日に、当選作が載った『歴史ジャーナル』七月号が発売され、その五日後の六月二十五日に、川辺重工の社長が、射殺されているんだ」

　と、十津川がいった。

「その間に、何か、因果関係があると、警部は、お考えですか?」

　と、亀井がきく。

「もし、何らかの因果関係があるなら、この自称、坂本龍馬が、犯人ということになってくるんだ」

　と、十津川はいった。

第二章　高知（土佐）

1

「カメさん、一緒に、高知に行ってみないか？」

と、十津川が誘った。

「高知というと、坂本龍馬ですか？」

と、亀井がきく。

「そうさ。例の坂本龍馬を自称している男さ。脅迫状と応募原稿の消印も、高知だ。だから、ひょっとして、高知に行けば、何か、わかるかも知れないと思ってね。それに、私自身、一人の人間として、高知に行ってみたいんだ」

と、十津川はいった。

「いいでしょう。行きましょう」

と、亀井も応じた。

二人は、六月二十八日、羽田から、十一時三十五分発の高知行き全日空563便に乗った。

「高知空港が、高知龍馬空港になっているのは、知りませんでしたね」

「私も、初めて知ったんだ。高知は、龍馬様々だね。こうすれば、観光客が、もっとたくさん来るという、おそらく、そういう計算が、あるんだろう」

と、十津川はいった。

高知龍馬空港に降り立ったのは、十二時五十分だった。

「これからどこに行きます？　高知県警に挨拶に行きますか？」

と、亀井がきいた。

「今のところ、事件は、東京でしか起きていないから、高知県警には、挨拶に行く必要はないと思う。それよりも、私は、ここに行きたいんだ」

十津川は、川辺豊の妻の恵子からもらってきた、脅迫状の封筒を亀井に見せた。

「これは、例の、自称、坂本龍馬の手紙でしょう？」

と、亀井がいう。

「問題は、この手紙の消印だよ」

「それは、わかっています。確か、高知市内の消印で、二十一日の午前中の消印になっていましたね」

と、亀井がいった。

「そうなんだが、問題は、高知の次の文字だよ。高知龍馬郵便局となっているじゃないか。佐伯という編集長が、持ってきた原稿入りの封筒にも、同じ龍馬郵便局の消印があったんだ」

と、十津川がいった。

「ああ、確かに、龍馬郵便局となっていますね。高知には、龍馬という名前の郵便局があるんだ」

と、亀井が、感心したようにいった。

「だから、そこへ行ってみたいんだよ」

と、十津川はいった。

十津川は、空港で、高知市の大きな地図を買うと、二人で、空港内の喫茶室に入り、コーヒーを飲みながら、それを広げて調べてみた。

ＪＲ高知駅から、市内を流れる二つの川の流域を見ていく。

高知城を見て、高知市役所を見て、さらに、地図をたどっていくと、

「あったぞ」

と、十津川は、嬉《うれ》しそうに、亀井にいった。

十津川の指差したところには、間違いなく、郵便局のマークがあり、そこには、龍馬郵便局と書かれてあった。

「たしかに、ありましたね」

と、亀井も、嬉しそうにいった。

場所は、土佐電鉄伊野線の、上町《かみまち》一丁目駅の近くである。

二人は、そこへは、空港からタクシーで行くことにした。

高知市の東にある南国市の海岸近くにある空港から、タクシーは、高知市内に向かって走る。国分川《こくぶがわ》にかかる橋を渡って、はりまや橋の十字路に着くと、そのまま西へ直進した。

路面を走る土佐電鉄の線路に沿って、しばらく走ると、上町一丁目駅に着いた。

二人は、そこで車を降り、地図に従って歩き出した。

近くに、「坂本龍馬生誕の地」という碑《ひ》が立っている。

「自称、坂本龍馬は、この碑を見に来たのかも知れないな」

と、十津川はいった。

さらに進むと、間違いなく、龍馬郵便局という郵便局があった。

その郵便局の前に、郵便ポストがある。それを見て、

「例の男は、わざわざ、ここまで来て、脅迫状と、それから、『歴史ジャーナル』への応募原稿を、投函《とうかん》したんだと思うね」

と、十津川はいった。

「わざわざ、東京から来てですか？」

と、亀井がきく。

「私は、そう思っている」

「しかし、彼は、高知に住んでいるかも知れないじゃありませんか？　この近くに住んでいて、この郵便局のポストで、応募原稿と脅迫状を投函した、そういうことも、考えられませんか？」

と、亀井がいった。

「確かに、カメさんのいうことも考えられるがね。しかし、川辺豊が死ねば、誰もが、この脅迫状について、疑いを持つ。そして、われわれが考えたように、この消印について調べていくだろう。そうなったとき、もし、この辺に住んでいるのなら、簡単に、見つかってしまうじゃないか。それほど、この男は、バカじゃないような気がするん

だよ。だから、彼は、おそらく他の所に住んでいて、応募原稿と脅迫状を出す時だけ高知に行って、わざわざ、この郵便局から、投函したんだ。そう思うね」

　と、十津川はいった。

「それだけ、この男が、坂本龍馬に私淑《ししゅく》しているということですか？」

「そうだ。心酔しているんだ。それで、時世を取り違えて、誤解したまま、坂本龍馬が書いたことを実行しようとしている」

　と、十津川はいった。

「そうなると、この男は、高知に来て、坂本龍馬にゆかりのある土地を、全部、見て歩いたのではありませんか？」

「カメさんのいう通りだと思う。だから、われわれも、高知に来たんだから、坂本龍馬の、ゆかりの土地を見て歩こうじゃないか」

　と、十津川はいった。

「それが、この男を見つける、手がかりになりますかね？」

「私は、なると思っている」

　と、十津川は、楽観的にいった。

　まず、二人は、坂本龍馬の像と記念館がある、桂浜《かつらはま》に行ってみることにした。

実際に見ると、浜は意外に小さかったが、太平洋に面して美しく、それに、龍馬の像があるので、観光客が、たくさんやって来ていた。

二つの岬《みさき》の間に、弧を描いて延びる桂浜は、確かに、文字通り、白砂青松《はくしゃせいしょう》の浜辺だった。

丘の上に立つ龍馬像の前では、若い男女が何人も、記念写真を撮っている。

「彼も、この像の前に立って、記念写真を撮ったかも知れませんね」

と、亀井がいった。

「間違いなく、撮っているさ。そして、龍馬に倣《なら》って、じっと、この海を眺めていたと思うね」

と、十津川はいった。

ちょっと離れた場所に、奇妙な形をした建物があった。

高床式で、四角い形をした細長い建物が、太平洋に突き出すように造られている。

それが、坂本龍馬記念館だった。

二人は、四百円の入場料を払って、その中に入ってみた。

地下には、暗殺事件の時の、血染めの掛け軸や、寺田屋で襲撃された時に所持していたピストルの模型などが、展示されている。一階に上がると、そこには、それぞれ名前が付けられた、七つの部屋があった、光ファイバーを使いながら、坂本龍馬の人物像を紹介していた。

その幻覚的で、ダイナミックなデザインは、十津川には、少しばかり違和感があったが、今の若者には、こうした展示方法やガラス張りの建物は、人気があるのかも知れない。

二人は、記念館を出ると、浜沿いの遊歩道を、ゆっくりと歩いていった。

桂浜周辺には、すでに、真夏の暑さで、浜では、海水浴をしている人たちが、何人もいた。

二人は、歩きながら、サングラスをかけ、帽子を深くかぶった。サングラスをかけていないと、砂浜の白さが、やたらと、まぶしいのだ。

「例の男は、いったい、何を考えているんでしょうね？」

と、亀井が、歩きながらいった。

「脅迫状にあったじゃないか。日本の洗濯を考えているんだよ」

と、十津川がいった。

「人を殺すことが、洗濯でしょうか？」

と、亀井がいった。

「本人は、そう思っているんだろう」

「今の世の中、政治も悪い、経済も悪い、人間も悪い。だから、そうした悪い世の中を、ただすために、この男は、坂本龍馬に倣って、日本を洗濯しようと思っているんだ。それが、時代錯誤だということに、気がついていないんだ。坂本龍馬の活躍した幕末は、日本中が、動乱の最中だったからね。過激な方法を使ってでも、日本を洗濯しなければどうしようもなかったんだ。少なくとも、坂本龍馬は、そう考えていたに違いない。しかし、今は違う。確かに、悪い世の中だが、過激な方法で、洗濯をしなくたって、よくする方法は、いくらでもあるんだ」

と、十津川は、考えながらいった。

「もし、彼が、川辺豊を殺したとすると、大会社の社長一人を殺したところで、日本を洗濯したことには、ならないでしょう」

と、亀井がいった。

「そこが、怖いところだよ。彼が犯人だとすれば、また、ほかにも何人か、洗濯と称して、殺すかも知れない」

と、十津川はいった。

「この男は、本気で、坂本龍馬の、マネをしようとしているのでしょうか？」

と、亀井がきいた。

「かも知れないが、カメさんは、どう思うんだ？」

「もし、彼が、坂本龍馬のマネをしようとしているんでしたら、おそらく、どこかの企業に勤める、サラリーマンだったんじゃないかと思いますね。坂本龍馬も、土佐藩に仕える郷士だったでしょう？ 幕末の動乱にぶつかったので、土佐藩を脱藩《だっぱん》したんです。ですから、この男も、会社を辞めたのかも知れません」

と、亀井がいった。

「確かに、そういうことも、考えられるがね」

と、十津川はいってから、

「そろそろ、お腹《なか》が空《す》かないか？」

と、いった。

「空きましたよ。どこかで、何か食べようじゃありませんか？」

と、亀井がいった。

2

二人は、観光案内で調べて、高知城の近くにある、日本料理の店に行った。

市内を流れる、鏡川《かがみがわ》沿いにある老舗《しにせ》の割烹《かっぽう》料理の店で、郷土料理を食べることにした。

冷房が効いているのが、ありがたかった。

鰹《かつお》のたたきや、刺身を盛り合わせた、皿鉢《さわち》料理に、箸《はし》を動かしながら、亀井がいう。

「坂本龍馬は、確か、一人も、殺していないんじゃありませんか？」

「本で読んだところでは、一人も殺していないね。有名な話があるじゃないか。北辰《ほくしん》一刀流《いっとうりゅう》の名人で、最初は、刀を差していたが、もう刀の時代ではないといって、ピストルを持ち、次には、ピストルを捨てて、国際法の本を持って、これからの時代は、これが武器になる、そういったという話だ」

と、十津川はいった。

「それを考えても、自称、坂本龍馬の男は、洗濯の意味を、取り違えていますね」

「第一、坂本龍馬のいう洗濯というのは、日本の古びた制度なり、組織なりを、壊そうということだ。それを、例の男は、人を殺すことだと考えている。そのほうが楽だからね」

と、十津川がいった。

「今ここに、犯人がいたら、それを教えてやりたいですね」

と、亀井はいい、

「この男ですが、しばしば、高知に来ているんでしょうか？」

と、十津川にきいた。

「応募原稿と脅迫状だが、別の日付になっているから、少なくとも、二度、高知には来ている筈《はず》だ」

と、十津川はいった。

「彼が、坂本龍馬の、日本を洗濯するという言葉を、考え違いをして、川辺重工の社長を殺したとします。それだけ、龍馬に私淑していると、彼は、その報告に高知に来たんじゃないでしょうか？」

と、亀井はいった。

その言葉に、十津川は、考え込んだ。

「確かに、カメさんがいう通り、彼は、坂本龍馬に、心酔している。それで、龍馬の手紙の一節を、間違って解釈して、東京で、川辺重工の社長を殺したとすると、カメさんのいう通り、その殺人を報告しに、また高知に来たかも知れないな」

と、十津川はいった。

食事が済むと、

「もう一度、桂浜に行ってみよう」

と、十津川は、亀井にいった。

桂浜に着くと、十津川は、小高い丘の上に立つ坂本龍馬の像の前に進んでいった。

「警部は、何を探しているんですか？」

と、亀井がきいた。

「カメさんが、いったじゃないか。あの男は、東京で、川辺豊を殺してから、それを報告しに、高知に来たんじゃないかとね。それを確認するんだよ」

と、十津川はいった。

相変わらず、坂本龍馬の像の周りには、観光客が、いっぱいいた。

十津川は、太平洋を向いている、像の後ろに回ってみた。

像は、石を積み重ねた上に立っている。その石の面を、丹念に見ていた十津川は、

「あったよ、カメさん」

と、急に声に出して、亀井を見た。

十津川の指差す台座のところに、落書きがあった。それは、黒いマジックで書いたと思われる落書きだった。あの脅迫状や原稿と同じ筆跡だった。

〈あなたの遺志を継いで、今、私は日本の洗濯をしております。その手始めとして、自己の利殖ばかりを考え、日本のことを考えぬ大企業の社長を抹殺《まっさつ》いたしました。

これで、少しは、日本の風通しがよくなる、と確信しております。

現代の坂本龍馬〉

と、書かれてあった。

そして、その下には、6・26と数字が書かれてあった。

「間違いないだろうね。この6・26という数字は、六月二十六日のことだろう。川辺豊が、死体で発見されたのは、六月二十五日の朝だからね。その翌日、例の男は、ここに来て、この坂本龍馬の像に、報告をしたんだ」

と、十津川はいった。

「この調子だと、また何かをやりますよ」

と、亀井がいった。

「私も同感だが、次に、誰を殺すかがわからない。場所もわからないんだ」

と、十津川は舌打ちした。

「確かに、川辺豊は、東京で殺されましたが、次の犯行場所が、東京とは限りませんね。この男は、坂本龍馬に、心酔しているんですから、坂本龍馬が動いたルート上で、何かやらかすかも知れません」

と、亀井がいった。

十津川は、空港でもらってきた観光案内を、広げてみた。

そこには、高知の誇る郷土の英雄、坂本龍馬の軌跡《きせき》が載っていた。

龍馬の生涯の足取りは、かなり多方面にわたっている。

四国の土佐藩を脱藩した後、坂本龍馬は、兵庫から京都に行き、それから江戸に出て、勝海舟《かつかいしゅう》に会っている。

その後、海路、下田に行き、長崎、下関、熊本、鹿児島と、江戸以北を除いてほとんど日本中を、歩いているといってもよかった。

例の船中八策を作ったのは、瀬戸内海を走る、船の中である。

これだけ広い行動範囲を見せられると、次の殺人の場所が、どこか判断するのは、難しかった。

今日は、高知に泊まって、明日、二十九日、東京に帰ることにして、二人は、桂浜近くの日本旅館に、泊まることにした。

旅館で夕食を済ませた後、東京の西本刑事に連絡を取った。

その連絡の途中で、西本が、

「今、京都で、殺人事件が起きたという知らせが入りました」

と、十津川にいった。

「こっちの事件と関係があるのか？」

と、十津川がきいた。

「それはまだ、わかりませんが、私は、関係がありそうな気がします。それで、今、警部にご報告したのですが、京都の鴨川《かもがわ》の近くの料亭で、客の一人が殺されました。その客は、東京の人間で、京都に遊びに来ていて、舞妓《まいこ》を呼んで、食事をしていたところ、拳銃で撃たれて、死亡したんです」

と、西本がいった。

「確か、坂本龍馬が殺されたのは、京都の近江屋《おうみや》という醤油《しょうゆ》屋だったな？」

と、十津川がいった。

「そうです。今日の殺人事件は、その跡の近くらしいんです」

と、西本がいった。

「それに、坂本龍馬は、刀の代わりに、ピストルを持っていた。確か、高杉晋作《しんさく》にもらったピストルを、片時も離さず持っていたといわれている」

「そうなんです。それで、警部にお知らせしようと思いまして」

と、西本がいう。

「東京のどんな人間なんだ？　殺されたのは」

と、十津川がきいた。

「名前は、東海林《しょうじ》文昭《ふみあき》です。年齢は、三十八歳。名の売れた漫画家ですが、きわどいセックス描写が多くて、彼の描いたものは、何冊も、有害図書に指定されています」

と、西本がいった。

「それで、京都府警のほうでは、どう見ているんだ？」

と、十津川がきいた。

「飲食中の観光客が、いきなり、拳銃で撃たれるという殺され方は、滅多にないといっています」

と、西本がいった。

「わかった。私と亀井刑事は、帰りに京都に寄ってみるよ。それまでに、東海林文昭について、詳しいことを、調べて報告してくれ」

と、十津川はいった。

3

「二人目の犠牲者ですか？」

と、亀井がきいた。

「今のところは、わからない。二人目の犠牲者かも知れないし、まったく関係のない殺人事件かも知れないな。ただ、京都の近江屋という、坂本龍馬が殺された醤油屋の近くで起きた事件らしいんだよ。それに、被害者は、例の男が、いかにも、洗濯したい相手なんだ」

と、十津川はいった。

翌日、朝食を済ませると、二人は列車を乗り継いで、京都に向かった。

京都では、京都府警本部捜査一課の、藤本という警部に会った。

藤本は、警視庁の刑事が、どうして、京都で起きた事件について、調べに来たのかを不審に思ったようだったが、それでもすぐ、現場に案内してくれた。

京都は高知よりも、さらに暑かった。じっとしていても、汗が流れてくる。

二人は、汗を拭《ふ》きながら、現場である料亭にあがった。

五月一日から九月三十日まで、京都の鴨川に面した料亭では、納涼床《ゆか》と称する、張り出した席が、設けられている。五月の皐月《さつき》床、九月の名残の床は昼間も営業するが、六月一日から八月三十一日までの本床は、夜の営業である。

この納涼床で、食事をしたり、酒を飲んだり、あるいは、舞妓や芸妓《げいぎ》を呼んで遊んだりするのは、京都の夏の名物になっている。

そこは、スッポン料理の店で、奥に長い店の中に入っていくと、川に面して、床が設けられていた。

まだ昼間なので、人の姿はない。

「夕方になると、満席になります」

と、店の主人がいった。

藤本警部は、二人を、その床のいちばん端に案内した。

そこは、川の上に張り出していて、下を見ると、鴨川の土手の上の歩道になっていた。

「夕方になると、この土手にアベックが何組も来て、並んで座って、恋を語らうんですよ」

と、藤本が笑った。

「では、昨日も、同じような光景だったんですか？」

と、十津川がきいた。

「そうです。夕食の時、ここに、三十人ぐらいの客がいました。被害者の東海林文昭は、京都の友人と一緒に、舞妓二人と芸妓一人を呼んで、ここで、酒を楽しんでいたのです。東海林は、いちばん端に座っていました。夜の九時ぐらいになると、この床の下の河原に、芸人がやってきます。三味線で小唄《こうた》を唄ったり、あるいは、民謡を歌ったり、時には、ジャズの演奏もします。そして、床の上にいる客に、ご祝儀《しゅうぎ》をねだるんですよ。昨日も、同じように、九時頃には、新内《しんない》流しが歩いてきたり、民謡をきかせる女がいたりしたんですが、その時、河原で三味線、といっても、テープなんですが、それを伴奏に、男が小唄をきかせていたそうです。そして、床の客が拍手をすると、長い竿《さお》につけた網《あみ》を、床に向かって差し出したそうです。つまり、そこにご祝儀を入れてくれ、という催促ですよ。そこで、いちばん端にいた被害者の東海林文昭が、千円札をその網に入れたそうです。その瞬間、河原に銃声がして、二発、東海林に命中したんです。大騒ぎになりましてね。ただ、誰も、何が起こったのかわからずに、ワーワー騒いでいるうち、犯人は、逃げてしまったと思われます」

と、藤本警部は、説明してくれた。

「それでは、犯人の顔は、わからずじまいですか？」

と、亀井がきいた。

「東海林の友人が、そばにいたんですが、彼は、テープの三味線の音と、それから、男が小唄を唄うのをきいた。だが、誰が唄っていたのか、顔は、見ていないといっているんです。そして、東海林が面白がって、（これぐらいのうまさなら、千円だな）と、いいながら、千円札を取り出して、差し出された網に入れた瞬間に、河原から撃たれたそうです。二発とも、下から、東海林の体を貫通していました」

と、藤本警部はいった。

「近くにいた客や、舞妓や芸妓も、犯人の顔を、見ていないんですか？」

と、十津川はきいた。

「誰も、見ていないんですよ。というのは、床の上では、そのとき、酒盛りが始まっていましたからね。どんちゃん騒ぎをしていたわけで、中には、銃声をきいていないという人さえいるんです。地方《じかた》さんも来ていて、その三味線で、舞妓が踊ったりもしていましたから」

と、藤本がいった。

「被害者の東海林文昭は、東京の人間で、有名な漫画家だそうですね？」

「そうきいています。京都の彼の友人も漫画家で、同じような漫画を描いています」

と、藤本がいった。

「犯人ですが、間違いなく、殺された東海林文昭を、狙《ねら》ったのでしょうか？　それとも、床で騒いでいる人間なら、誰でもよかったんでしょうか？」

と、十津川がきいた。

「これも想像ですが、私は、狙われたのは、東海林文昭という漫画家だったと、思っています」

と、藤本がいった。

「動機は、何でしょうか？」

と、亀井がきいた。

「それが、まだ、わかりません。東海林の京都の友人は、渡辺という男なんです。この漫画家にも、いろいろと、きいてみたんですが、思い当たることは、ないというんですよ。被害者は、売れっ子ですから、誰かにねたまれていたということは、あったかも知れませんが、だからといって、命まで狙うというのは、ちょっと考えにくいと、渡辺という漫画家も、いっています」

と、藤本はいった。

「この近くで、坂本龍馬は、殺されたんでしたね？」

と、十津川がきくと、藤本はけげんそうな顔をしながら、うなずいて、

「そうです。この近くの近江屋という醤油屋で、坂本龍馬と中岡慎太郎《なかおかしんたろう》が、殺されています。しかし、それと、何か関係があると、思っていらっしゃるのですか？」

「その点、どうでしょうか？　関係があると、思われますか？」

と、十津川がきいた。

「ないでしょう。殺された東海林文昭は、有名な漫画家ですが、坂本龍馬を主人公にした漫画は、描いていません。男女間のセックスを描いた漫画がほとんどで、それで儲《もう》けているんですが、有害図書に指定されたこともあります」

と、藤本はいった。

夜になったが、この料亭では、昨日の今日なので、今日は、床は休むといった。

しかし、その近くの料亭は、すべて床に明かりがつき、客と舞妓や芸妓が、食事や酒を楽しんでいる。

十津川と亀井は、その歓声をききながら、床の下にある、鴨川の河原を歩いてみた。

頭より少し高いところに、床が張られていて、その上で、酒を飲んだり、踊ったり、あるいは、歌ったりしている人たちの姿が見える。

十津川たちが見ていると、今夜も、小唄やジャズや歌謡曲のテープやCDを流しながら唄い、床の上のお客から、祝儀をもらっている芸人たちの姿があった。

とすると、床で遊ぶ人たちも、こういう芸人の姿には、慣れっこになっているのだろう。

その芸人の中に、拳銃を持つ殺人犯がいるとは、考えもしなかったろう。

「私は、これから東京に帰るが、カメさんは、もう一度、高知に行ってくれないか」

と、十津川はいった。

亀井は、うなずいて、

「例の桂浜ですね」

「そうだよ。あの坂本龍馬の像の台座に、ひょっとすると、また、例の男が、自慢げに落書きをするかも知れない。それを確認してもらいたいんだ」

と、十津川はいった。

4

翌日、十津川は、亀井と別れ、新幹線で東京に帰った。

捜査本部で、西本から、京都で殺された東海林文昭の経歴をきいた。

東海林文昭は、九州熊本の生まれである。地元の高校を卒業してから上京し、S大学に入ったが、すぐに中退し、それからは、漫画を描き続けている。

最初は、少年向けの漫画を描いていたのだが、いつまで経《た》っても売れず、三十三歳の時に、刺激的なセックスものを描いた。それが驚くほど売れて、以来ずっと三十八歳の今まで、同じような作品を、描き続けている。

あまりにも描写が過激なために、何冊も、有害図書に指定された。

その何冊かを、西本が買ってきて、十津川に見せてくれた。

確かに、露骨な性描写が多い。

（なまじ画《え》がうまいだけに、読者にとっては、より刺激的に見えるだろう）

と、十津川は思った。

その漫画を眺めているところに、高知に行った亀井から、電話がかかってきた。

「今、桂浜にいます。例の坂本龍馬の像を見てきたのですが、警部の推測通り、台座のところに、落書きがしてありました」

「こんどは、どんな文句が書いてあったんだ？」

と、十津川がきいた。

「それがですね、ふざけた調子で、こう書いてありました」

〈昨日の夜、京都木屋町で、日本人を堕落させる漫画を描く男に、天誅《てんちゅう》を加えてきました。

これもまた、日本の洗濯の一つと確信しています。

場所は、坂本先生の殉死された場所の近くであります。

現代の坂本龍馬〉

そして、今度も数字が書かれていた。それは、京都で、東海林文昭が殺された翌日の日付だった。

「その数字からすると、夜の九時頃に、ピストルを使って、東海林文昭を殺しておいてから、翌日早く、犯人は、高知に行ったんだな。そして、坂本龍馬の像の台座に、落書きをしたんだ」

と、十津川はいった。

「そうなりますね。それで桂浜周辺で、きき込みをやろうと思っています。誰かが、あの台座に落書きをしている人間を、見ているかも知れませんから」

と、亀井がいった。

5

「やはり、東京の事件と、関係がありそうですか？」

と、西本がきいた。

「間違いなく、犯人は、同一人物だよ。坂本龍馬の手紙の言葉を曲解して、この男は、すでに、二人も殺しているんだ。日本を洗濯すると称してね」

「しかしなぜ、東京の人間ばかりを、狙ったんでしょうか？」

と、日下《くさか》刑事がきいた。

「たぶん、この男の眼《め》には、東京という街が、日本の中で、もっとも腐敗していると映っているんじゃないのかね？　その東京の街で暮している、その腐敗のシンボルとも思われる人間を二人、殺したつもりなんだ」

と、十津川はいった。

「これからも事件をおこすつもりでしょうか、この男は？」

と、三田村刑事がきいた。

「わからないが、そのつもりで、警戒したほうがいいな。困ったことに、次の犯行の場所がわからない」

と、十津川はいい、高知で買ってきた地図を、黒板に張り出した。

龍馬は、江戸より北には行っていないが、その足跡は、西日本から江戸、現在の東京まで、広い範囲にわたっている。

十津川は、黒板に、龍馬が足を運んだ主な地名を、書き込んでいった。江戸、下田、福井、大坂、京都、山口、下関、門司《もじ》、萩《はぎ》、熊本、長崎、鹿児島、これに、船旅が加わってくる。

その範囲は、やたらに広くて、今の段階では、どこを警戒していいのか、わからなかった。

6

警戒も空《むな》しく、夏の盛りの七月二十一日、第三の事件が発生した。

それは、大阪南港から高知の港までの間を走るフェリーの中で起きた。

大阪南港のフェリー埠頭《ふとう》から、車を乗せて、「フェリーこうち」は、二十一時二十分、高知港に向かった。

大阪・高知間の車の料金は、一万八千三百六十円である。

大阪南港を出発したフェリーは、翌朝の六時四十五分に、高知港に着く。

東京からベンツで京都に行き、京都で一泊した後、大阪南港からフェリーに乗って、高知に向かったカップルがいた。男の名前は、長谷川友昭《ともあき》、四十五歳。女は、沼田敦美《あつみ》、二十五歳。二人の仲は不倫だった。

二人は、船内では、個室の一等船室に入っていた。

この日、海は、穏やかだった。

翌朝六時四十五分に、フェリーは、高知港に着き、船内のアナウンスにしたがって、車が、次々に、船から陸に下りていった。

ところが、シルバーメタリックのベンツＳ５００だけが、時間が経っても、動かなかった。

そこで、船員の一人が、一等船室を調べたところ、そこのベッドで、長谷川友昭と沼田敦美が、パジャマ姿で死んでいたのである。

二人とも、身体《からだ》に二発ずつ、弾丸を受けていた。二人の血がパジャマを濡《ぬ》らし、ベッドを汚していた。

この事件を知って、十津川と亀井は、すぐ羽田から高知龍馬空港に飛んだ。二人の行先は、決っていた。

桂浜に行き、龍馬の銅像の台座の裏を見てみた。

「一歩遅かったですね」

と、亀井がいった。

すでにそこには、落書きがしてあった。

〈昨日、フェリーの船内において、不倫の男女二人を射殺した。これもまた、日本の洗濯の一つと確信しています。

現代の坂本龍馬〉

そして、7・22という殺人の翌日、つまり今日の日付を示す数字があった。

わずかに遅れてしまったのである。

もし、高知港に、フェリーが着岸した時点で、その中で不倫のカップルが、射殺されているのを知って、すぐにこの桂浜に来ていれば、あるいは、龍馬像の台座に、落書きをする男を、見つけることができたかも知れない。

しかし、ほんのわずか遅かったのだ。

二人は、「フェリーこうち」を運航している船会社に行って、調べてみることにした。

問題の日。フェリーに積み込まれた車は、トラック五台、乗用車十八台だった。その車は、すべて、ナンバーと持ち主が、台帳に記載されていた。

それをすべて、十津川と亀井は、手帳に書き写した。その中に、東京ナンバーの乗用車が、五台あった。

もしかすると、この中に、問題の男の車が、あるかも知れない。

二人は、期待して東京に戻ると、関東運輸局で、五台の乗用車について、調べてみた。

しかし、調べているうちに、十津川と亀井は、失望に襲われた。

五台のうち、二台の乗用車が、盗難車とわかったからである。

おそらく、カップルを殺した犯人は、この二台の盗難車の、どちらかの車に乗っていたものと、思われたのだ。

盗難車では、いくら指紋などを調べても、前科がなければ、犯人には、たどりつけないだろう。

坂本龍馬の有名な船中八策は、慶応三年（一八六七）、後藤象《ごとうしょう》二郎《じろう》と二人で、船で長崎を出航し、兵庫に向かう船中で、日本の将来を展望して、作った建白書である。

例の男は、行き先も出発点も違うが、同じように、船で走りながら、船内にいる二人の男女を殺したのだ。

「やはり、この男は、坂本龍馬の軌跡を、追っているんだ」

と、十津川はいった。

「そうですね。坂本龍馬が動いたとおりに動いて、東京（江戸）、京都、そして、海を行く船中で、人を殺しているんです。それも、日本の洗濯と称してです」

と、亀井が、腹立たしげにいった。

十津川たちは、フェリーの中で殺された二人の男女、長谷川友昭、沼田敦美について、調べることにした。

長谷川友昭、四十五歳は、若い頃に、傷害と薬物使用の前科があった。

その後、水商売に入り、三十代から、東京の盛り場、新宿や池袋に、風俗営業の店を合計八軒持ち、その八軒の店は、規則すれすれの営業で、一年間に三億円近くを儲けていた。

一応結婚しているが、長谷川の浮気は止《や》まず、妻子とは、現在別居している。

沼田敦美、二十五歳のほうは、長谷川の経営するクラブの一つの店長で、時々、東南アジアに出かけては、そこで若い女を見つけ、東京に連れてきて、店で働かせていた。

彼女の営業方法は、犯罪すれすれで、人身売買に近いという声もある。

そのため、何回か警察に目をつけられているのだが、そのたびに、店の名前を変え、場所も変えて、経営を続けていた。

長谷川の経営している店で、三カ月前に、東南アジア出身のホステスが一人、殺されたことがあって、長谷川も、警察から事情聴取をされたが、証拠があがらずに、釈放されている。

「調べていくと、二人とも、どうしようもない人間で、まあ、殺されても仕方のないカップルですが、しかし、殺人事件となれば、放ってはおけません」

と、亀井がいった。

「どんな人間だって、殺されていいはずはないよ」

と、十津川もいった。

「例の男ですが、どういう気持ちで、殺人を続けているのでしょうか？　本当に、日本を洗濯するつもりでいるんでしょうか？」

と、亀井が、十津川にきいた。

「ほかに考えようがないな。最初の一人を殺す時は、緊張して、ひたすら使命感に燃えて殺したんだと思う。しかし、二件目、三件目と続けていくと、もう慣れてしまって、使命感に燃えていなくても、平気で人が殺せるようになっているんじゃないかなあ。だから、余計に、怖い」

と、十津川はいった。

「使用された拳銃ですが、どんなものか、わかったんですか？」

と、亀井がきいた。

「専門家は、中国製かロシア製のトカレフだろうといっている」

と、十津川はいった。

トカレフは、現在、犯罪で使われる拳銃の中では、いちばんポピュラーな拳銃だった。時々、故障はするが、破壊力は強い。

「今まで殺された四人は、すべて銃で殺されていますが、それも、坂本龍馬のマネだと思われますか？」

と、西本刑事がきいた。

「坂本龍馬は、刀の代わりに、ピストルを持っていたことで有名だからね。そういうエピソードを、例の男は、忠実に実行しているんじゃないだろうか？　そんな気がして、仕方がないんだよ」

と、十津川はいった。

長谷川友昭がやっていた会社、長谷川興業のマネージャーに、話しをきくことができた。

そのマネージャーによると、長谷川のもとに、最近、妙な脅迫状が届けられて、長谷川が気味悪がっていたというのである。

その脅迫状の一つを、マネージャーが持っていて、十津川と亀井に見せてくれた。

やはり、例の脅迫状と同じ筆跡だった。川辺豊が受け取っていた脅迫状と同じである。

〈長谷川興業社長に告ぐ。

お前のやっていることは、日本の青少年の心を腐敗させ、ひいては、社会全体を腐敗させるものである。

昔の日本は、こんなことはなかった。昔の日本は、もっと清潔で美しく、正しかった。そうした古き日本に立ち返らせるために、お前を殺すことを決心した。日本の洗濯だ。

現代の坂本龍馬〉

その手紙には、こう書かれていた。

「これを受け取って、長谷川社長は、どういっていましたか？」

と、十津川はきいた。

「薄気味悪がっていましたが、同時に、笑ってもいましたよ」

「どうして、笑っていたんですか？」

「だって、そうでしょう、考えてもみてくださいよ。確かに、うちらは、風俗営業をやっていますが、これは、青少年を楽しませているんですよ。いや、中高年の男もかな。昔には、吉原では、堂々と売春が行われていたし、それも、今より盛んに行われていたんです。それを、この手紙の主は、忘れてしまっている。いや、知らないのかも知れない。それで、うちの社長も、笑っていたんですよ」

と、マネージャーは、いってから、

「ひょっとして、警察は、この脅迫状の主が、社長を殺したと、思っているのですか？」

と、きいてきた。

第三章　危険な同志たち

1

「これを見てください」

と、いって、西本刑事が、十津川を、自分の机の上の、パソコンの前に連れていった。

「こんなメッセージが、載っているんです」

と、西本はいった。

彼が画面に出したのは、会員だけが、パスワードを使用して、書き込みや閲覧のできる、会員制掲示板Nチャンネルの、あるスレッドに載っているメッセージだった。

〈明治維新の時、かの坂本龍馬は、手紙にこう書いている。

今の日本は、救いようのない状態に、置かれている。今必要なのは、日本を洗濯することである。つまり、汚れを洗濯して、汚れを取りのぞいてしまえということである。

ひるがえって、現代の日本を見たとき、同じことが、いえるのではないか？

政治家は、汚職に走り、日本の将来など考えていない。財界人は、自分の利益だけを考えて、国民を不安に陥《おとしい》れている。

また、それを取締り、あるいは警鐘を与えるべき、警察もマスコミも、信用がおけない。

考えてみれば、今こそ、明治維新の時の、坂本龍馬の宣言、日本を洗濯する、その言葉がいちばんふさわしい状態では、ないだろうか？

腐敗した政治家を叩《たた》き出し、利益ばかりを追求する会社の幹部を閉め出し、そして、警察を粛正《しゅくせい》し、マスコミを正常に戻す。その必要を、感じざるを得ない。

私は今、それを実行しようとしている。

私と同じ考えを持つ若者も多いことだと思う。

もし、私のこうした考えに、賛同してくれる若者がいれば、ぜひ、このスレッドに、名乗り出て欲しい。

その人たちと同志となって、この腐敗した日本を、洗濯しようじゃないか。

心ある同志の人たちに、坂本龍馬の歌を贈る。

世の人は　我を何とも　言はば言へ

我が成すことは　我のみぞ知る〉

これが、メッセージの全文だった。

「例の男ですよ」

と、西本はいった。

確かに、発信人の名前は、脅迫状と同じ、現代の坂本龍馬となっている。

「四人殺しても、飽《あ》きたらず、今度は、同志募集か」

と、十津川が舌打ちをした。

「明らかに、われわれを、バカにしているんです」

と、西本がいった。

亀井は、そのメッセージを見て、

「こんな呼びかけに、賛同する人間が、たぶん、何人かは、いるんじゃないですか？

困ったものです」

「仲間が増える前に、この男を捕《つか》まえようじゃないか」

と、十津川がいった。

十津川と亀井は、すぐ、このＮチャンネルを運営している会社に、出かけていった。

その会社の、広報室の井川という男に、警察手帳を見せたところ、

「会員の秘密は、守らなければなりませんので、何もお教えできません」

と、主張した。

しかし、十津川が強硬に、

「この現代の坂本龍馬を自称している男は、すでに、四人の人間を殺しているんです。殺人事件なんですよ。もし、教えられないというのなら、裁判所の令状を持ってくる。それでもいいんですか？」

と、脅《おど》かすと、相手も、やっと、

「それならば」

と、いって、現代の坂本龍馬という会員の住所と、本名を教えることを、約束してくれた。

翌日、Ｎチャンネルから、十津川のもとに、現代の坂本龍馬の、住所と本名を報《し》らせる連絡が入った。

教えられた住所は、杉並区永福町《えいふくちょう》のマンションで、その４０６号室に住む、木戸英介《えいすけ》という男だった。

二人はすぐに、パトカーを永福町に飛ばした。

教えられたマンションは、すぐにわかった。

果たして、この４０６号室にいる男が、犯人なのだろうか？

「少しばかり、簡単すぎるな」

マンションのエレベーターに乗りながら、十津川がいった。

「簡単でも、いいじゃありませんか。犯人が逮捕できれば、いいんですよ」

と、亀井がいった。

エレベーターで、四階まで上がり、４０６号室の前に行って、インターホンを鳴らした。

「誰？」

という、若い声がきこえた。

「Nチャンネルのものですよ。ちょっと話があるので、開けてもらえませんか？」

と、十津川がいった。

「Nチャンネル？」

と、いいながら、部屋の主が、ドアを開けた。

二十五、六歳の若い男だった。

その男の顔に向かって、十津川は、警察手帳をつきつけた。

「何ですか？　突然そんなマネをして」

と、男が、怒ったようにいう。

「とにかく、部屋に入らせてもらうよ」

と、十津川は、男を押しのけるようにして、部屋に入った。

２ＤＫの部屋である。

入ってすぐのところに、ソファと椅子《いす》が、置いてあった。

「とにかく、こちらのきくことに、答えてもらいたい」

と、十津川がいった。

「いきなり入ってきて、失礼じゃありませんか？」

と、男がいった。

「いいから、座って」

亀井が、男の体を、ソファに押しつけるようにして、座らせた。

二人の刑事は、男の前に座った。

「まず、君の名前だが、木戸英介、それに間違いないね」

と、十津川がいった。

「間違いありませんけど、それが、どうかしたんですか？」

「Nチャンネルの、会員になっているね？」

「ええ、会員になっていますよ。でも、そんなこと、自由じゃないですか？」

と、男がいう。

「君は、そのNチャンネルに、こんなメッセージを載せた。現代の坂本龍馬と名のってね。現代の日本を、洗濯すると書いた。そして、坂本龍馬の歌を載せた。それに、間違いないね？」

と、十津川がいった。

木戸英介は、ニッコリ笑って、

「あのメッセージ、刑事さんも、見てくれたんですか？」

「見たから、こうして、わざわざやって来たんだ」

と、険しい表情で、亀井がいった。

「刑事さんだって、今の日本は、洗濯したほうがいい、そう思って、いらっしゃるんでしょう？　それなら、僕と一緒に、日本を洗濯しようじゃありませんか？」

木戸は、勝手なことをいった。

「その洗濯と称して、君は、四人もの人間を、殺したのか？」

と、十津川がいった。

木戸は、眉《まゆ》をつり上げて、

「バカなことを、いわないでくださいよ。僕は、誰も、殺していませんよ」

と、いう。

「しかし、Nチャンネルでのメッセージで、君は、今の政治家や、財界の人間、あるいは、警察関係者、マスコミ人をボロクソにいっているじゃないか？　こうした人間たちを、排除していかないと、日本はよくならない。つまり、洗濯をしようといっているんだろう、そうじゃないのか？」

と、十津川はいった。

「もちろん、洗濯は必要ですよ。しかし、殺せなんて、メッセージには、書いていませんよ」

と、木戸はいった。

「君は、川辺重工社長の、川辺豊を知っているか？」

と、十津川がきいた。

「川辺重工は、知っていますけど、社長の名前は、知らないなあ」

と、木戸は、はぐらかすようにいった。

「その社長が、殺されているんだよ。君が殺したんじゃないのか？」

と、亀井がきいた。

「バカなことは、いわないでくださいよ。今もいったじゃありませんか、僕は、今の日本を洗濯しなければいけない、とは書きましたけどね。殺せなんて、一言も、書いてないんですよ。だから、刑事さんのいった、川辺重工の社長なんて、殺してません。会ったこともないんだ」

と、木戸はいった。

「六月二十五日、君は、どこで、何をしていたのか、それを話してくれ」

と、十津川がいった。

「六月二十五日って、何ですか？」

と、木戸がきく。

「川辺重工の社長が、殺された日だよ」

と、亀井がいった。

「何回でもいいますがね。僕は、そんな人、殺してませんよ」

「じゃあ、六月二十五日に、どこで、何をしていたのかを話してくれれば、君の疑いが、晴れるかも知れないぞ」

と、十津川がいった。

「六月二十五日ですか？」

と、木戸は、オウム返しに、いってから、

「今すぐには、思い出せませんよ。だって、そうでしょう。今から一カ月以上も、前の話なんですから。今調べますから、ちょっと待ってください」

と、彼はいい、奥に入って、手帳を持ってきた。

「六月二十五日の、何時頃ですか？」

と、きく。

「朝だよ。六月二十五日の、午前五時から六時の間だ。その間、君がどこで何をしていたのか、それを話してくれればいい」

と、十津川はいった。

木戸は、手帳のページを、くっていたが、

「ああ、この日なら、旅行に行っていましたよ。前日の六月二十四日から四日間、六月二十七日まで、旅行に行っていたんです」

と、木戸はいった。

「どこに行っていたんだ？」

と、十津川がきいた。

「北海道ですよ。北海道の小樽《おたる》に行っていたんです。ちょうど、ある旅行会社が、格安の料金で、北海道四日間の旅を、募集していたので、それに参加したんです。それで、札幌、小樽、函館《はこだて》と四日間、旅行していました。確か、六月二十五日には、小樽にいたはずですよ。その旅行会社にきいてもらえば、わかりますから」

と、木戸はいった。

四谷に営業所のあるＭ観光だという。

木戸は、その旅行先で写したという写真を、何枚か持ってきて、十津川と亀井に見せた。確かに、札幌や小樽や函館の写真が、撮られ、日付も入っている。

しかし、それだけでは、相手のいうことは、信用できなかった。

「Ｍ観光にあたってみるが、ほかにもききたいことがある」

と、十津川はいった。

「何でもきいてくださいよ。別に、隠していることは、ありませんから」

と、木戸はいった。

「君は、Nチャンネルに、こうも書いている。自分に賛同してくれる人間がいたら、同志を募るとね。あれは、どういう意味なんだ？」

と、十津川はきいた。

「あそこに書いた通りですよ。今、こんなに政治が腐敗していたり、いろいろと嫌な世の中じゃありませんか？　それなのに、若者たちは、どうして、声を上げないんですかね？　僕には、それが、不思議でしょうがないから、ああやって、呼びかけたんですよ。いけませんか？」

木戸は、抗議をするようにいう。

「それで、同志を募って、何をしようとしているんだ？」

と、十津川はきいた。

「ですから、坂本龍馬が書いたように、日本の洗濯をするんですよ。そのための同志を、募っているんです」

「ということは、政治家や実業家や、あるいは、マスコミ関係者を、殺すということかね？」

と、十津川はきいた。

「とんでもない。何回いったら、わかるんですか？　僕は、あのメッセージの中で、洗濯をするとは、書きましたけど、殺すなんて、一言も書いていませんよ。つまり、そういう腐敗した政治家や、世の中に害しか与えない人間がいたら、みんなで声を出して、そんな人間たちを、追放してしまおうといっているんですよ。それが、洗濯じゃありませんか？」

と、木戸はいった。

「じゃあ、ここでいっている洗濯というのは、殺すことではなくて、社会から排除する、そういうことなのかね？」

「決まっているじゃありませんか。今の世の中、殺すなんて、とてもできませんよ。日本は、法治国家なんだから」

と、木戸はいった。

「のどが渇いたんだが、何か、飲ませてくれないか」

と、十津川がいった。

「すいません。何も出さなくて。アイスコーヒーしかありませんが、いいですか？」

「結構だ。一緒に飲もうじゃないか」

と、十津川がいった。

木戸は、キッチンに行き、グラスを三つ用意すると、パックのアイスコーヒーを注ぎ、氷を入れて、戻ってきた。

木戸は、自分の分を、うまそうに飲んでから、

「毎日、コーヒーを飲まないと、頭がすっきりしないんですよ」

「その点は、私も同じだ」

と、いってから、十津川はちらりと、亀井に眼《め》をやった。亀井は心得て、

「この部屋のベランダを、見せてくれないか」

と、木戸にいった。

「ベランダなんか見て、どうするんです？」

「とにかく、見たいんだよ」

「僕が、ベランダに、何か隠しているとでも、思っているんですか？」

「いいから、黙って、見せてくれ」

と、亀井はいった。

二人が席を立つと、その隙《すき》に、十津川は、用意してきた、指紋採取用のペーパーを取り出した。

それを、木戸のつかんでいたグラスに押し当てて、素早く指紋を採った。

二人が戻ってきた。

「異常なしです」

と、亀井が、もっともらしく報告した。

木戸は笑って、

「僕が、ベランダに拳銃でも隠していると、思ったんですか？　さっきもいいましたが、日本は法治国家なんですよ。僕が殺人なんか、考えている筈《はず》はないでしょう？」

と、繰り返した。

2

もちろん、木戸のそんな言葉を、十津川も亀井も、信用しなかった。

二人は、その足で、四谷に向かった。

四谷の駅の近くにある、M観光のビルに入り、話をきくことにした。

確かに、M観光では、六月の二十四日から二十七日の四日間、北海道三泊四日の、旅行プランを作っていた。そのポスターも、見せてもらった。

〈梅雨のない北海道を、格安で楽しみましょう〉

それが、このプランのキャッチフレーズになっている。

添乗員をしたという、鈴木香織《かおり》という二十代の女性に、会うことができた。

「この旅行には、何人が集まったんですか？」

と、十津川がきいた。

「全部で二十六人でした。男性が十六人、女性が十人です」

と、鈴木香織がいった。

「この旅行に参加をしたという男性が、いましてね。木戸英介という若い男性なんですが、間違いなく、この中に、入っていましたか？」

と、十津川がきいた。

香織は、その時のスケジュール表を持ってきて、

「確かに、木戸英介さんという方は、いらっしゃいました。年齢は、二十五歳の方で、杉並区永福町のマンションに住んでいらっしゃる方ですけど」

と、いった。

「その時、全員で撮った写真が、ありますか？」

と、亀井がきいた。

「ええ、記念写真を、撮りましたから」

と、いい、香織は、アルバムを見せてくれた。

そのアルバムには、函館、札幌、小樽の、三カ所で撮った記念写真が、貼《は》ってあっ

た。小樽の写真を見ると、確かに、そのグループの中に、木戸英介が写っていた。

「この四日間のスケジュールについてですが、函館、札幌、小樽の日付は、わかりますか？」

と、十津川はきいた。

「ええ、もちろん、わかります」

と、香織は、いって、スケジュール表を、見せてくれた。

それによると、二十四日は、札幌で一泊し、翌二十五日には小樽、そして、二十六日は、函館に泊まって、最後の二十七日に、東京に帰ってくる。そういうスケジュールだった。

「小樽で泊まったホテルは、わかりますか？」

と、十津川がきいた。

「ええ、Ｋホテルです。そこに全員で泊まりました」

「前日の二十四日は、札幌に泊まったんですね？」

「そうです」

「それで、札幌を出発して、何時に小樽に着いたんですか？」

と、十津川がきいた。

「札幌のホテルを出発したのは、二十五日の午前八時頃です。それから、バスに乗って、小樽に着いたのは、午前九時頃だったと思います」

と、香織はいった。

「とすると、六月二十五日の午前五時から六時までの間は、どこにいたことになりますか？」

と、亀井がきいた。

「六時だったら、札幌のホテルで、朝食を取っていたと思いますけど」

と、香織はいった。

「その朝食の時には、間違いなく、木戸英介はいましたか？」

「もちろん、いらっしゃいましたとも。四日間ずっと、全員が一緒に行動したんですから」

と、香織がいった。

二十五日の朝、札幌のホテルで、全員で朝食を取っているところも、写真に撮ってあった。その中には、間違いなく、木戸英介の顔もあった。

「この木戸英介という男のことで、何か覚えていることは、ありませんか？」

と、亀井がきいた。

香織は、しばらく考えていたが、

「明るくて朗らかな方でしたよ。小樽で夕食の後、懇親会みたいなことをやったんです。そうしたら、この木戸英介さんは、大声で、(自分は坂本龍馬が好きだ。自分も坂本龍馬みたいに生きたい)と、いっていらっしゃったのを、よく覚えていますわ」

と、香織はいった。

「もう一度確認しますが、この二十四日から二十七日までの、三泊四日の北海道旅行ですが、最初から最後まで、全員が一緒にいたんですね?」

と、十津川が念を押した。

「ええ、私が責任者ですから、札幌、小樽、函館と、泊まるたびに、きちんと人数を確認しています。間違いありませんわ。全員がずっと一緒でした」

と、香織はいった。

3

次の捜査会議で、十津川は、三上本部長に、この木戸英介という男と、彼がNチャンネルに載せたメッセージについて、説明した。メッセージの全文を黒板に大きく書いた。

「このメッセージを読む限り、四人を殺した犯人の、メッセージと思われます。しかし、このメッセージを書いた人間は、永福町のマンションに住む、木戸英介という、二十五歳の男です。これは、間違いありません。Nチャンネルで、確認しています。そして、この木戸英介は、川辺豊が殺された、六月二十五日の朝は、北海道旅行に行っているんです。彼が、北海道旅行に行ったことは、裏付けが取れていますから、これも間違いありません。写真があり、また、添乗員だったM観光の人間も、それを証言しています。それから、指紋も一致しませんでした」

と、十津川はいった。

「指紋？」

と、三上がきく。

「川辺社長を射殺したと思われる男ですが、彼も、現代の坂本龍馬を自称しています。彼は、手紙に血判を押しているので、それで、指紋がわかります。そこで、木戸の指紋を手に入れて、比べてみたのですが、一致しなかったのです。この二つのことからみて、木戸は、川辺社長殺しの犯人ではないことがわかりました」

「それなら、この木戸英介という男は、今回の事件とは、まったく関係がないんじゃないのか？」

と、三上がいった。

「一応、川辺豊殺しについては、シロであることが、証明されました。しかし、そのほかの事件については、これから、アリバイを確認しなければなりません」

と、十津川がいった。

「しかし、川辺豊殺しの件でシロならば、ほかの二件についても、シロなんじゃないのか？」

と、三上はいった。

「それはまだ、断定できないと思います」

と、十津川はいった。

「しかし、君は今、Nチャンネルに載せたメッセージは、犯人のものだといったじゃないか？　しかし、このメッセージを書いた木戸英介は、川辺豊殺しの犯人じゃない、という。どういうことなんだ？」

と、三上がきいた。

「共犯が、いるのかも知れません」

「共犯らしい者は、浮かんでいるのか？」

「今のところは、残念ながら、浮かんではいません」

「それにだ。この木戸英介という男は、Nチャンネルで、同志を募っているんだろう？　もし、共犯がいるのなら、何も今さら、同志を募る必要は、ないんじゃないのかね？」

「それはそうなんですが、もしかすると、共犯者がいて、それを隠すために、わざとこんなメッセージを、載せているのかも知れません」

と、十津川がいった。

十津川と亀井は、もう一度、永福町のマンションに、木戸英介を、訪ねていった。

「僕が、殺人事件とは、関係ないことが、おわかりになりましたか？」

と、木戸は、いいながら、二人の刑事を、部屋に入れてくれた。

「確かに、君の六月二十五日のアリバイは、証明されたよ」

と、十津川はいった。

「しかし、君は、どうしてそんなに、坂本龍馬が、好きなんだ？」

「尊敬しているんですよ。それに、今の世の中は、現代の坂本龍馬を、必要としているんです。何とか、僕自身が、現代の坂本龍馬になれればいい、そう思っているんですよ」

と、木戸はいった。

その後で、自慢そうに、本棚に並んだ坂本龍馬関係の本を指差した。

「なるほど。なかなか、坂本龍馬について、勉強しているんだ」

と、亀井がいった。

「僕が尊敬している唯一《ゆいいつ》の人間ですからね。調べれば調べるほど、坂本龍馬を、尊敬してしまうんですよ」

と、木戸はいった。

「それなら、坂本龍馬が生まれた高知には、何度も、行っているんじゃないのかね？」

と、十津川がきいた。

「もちろんですよ。何回も行きました。あの高知空港が、高知龍馬空港に、名前が変わってからも、何回も飛行機で行っています。ええ、桂浜の坂本龍馬の銅像も、見てきましたよ」

と、木戸はいった。

「実は、私も、坂本龍馬を、尊敬しているんだ。実に立派な人だ。若くして死んでしまったのは、残念だよ」

と、十津川が、急に語調を変えて、いった。

「やっぱり、刑事さんも、坂本龍馬が好きなんですか？　じゃあ、同志になってくれませんかね？」

　と、木戸が嬉《うれ》しそうにいう。

「それで、君に、サインをしてもらいたいんだ」

　と、十津川はいって、途中で買ってきた色紙を、木戸の前に差し出した。

「僕は、本物の坂本龍馬じゃありませんよ」

　と、木戸がいう。

「それでもいいんだ。坂本龍馬を好きな君が、昔からの友人のような気がしてね。それで、現代の坂本龍馬に、サインを書いてもらいたいんだよ」

　と、十津川がいった。

「何と書けばいいんですか？」

「そうだな、〈日本を洗濯すべし。現代の坂本龍馬〉、そう書いてくれればいい」

　と、十津川はいった。

「何だか、変な気持ちですねえ。刑事さんにサインをするなんて」

「いいじゃないか。現代の坂本龍馬なんだろう？　同志を募りたいのならば、サインに慣れていたほうがいい」

　と、十津川はいった。

「それじゃあ、書きますけど、字はヘタですよ」

と、いいながらも、木戸は、嬉しそうに、奥からサインペンを持ってきた。

十津川の差し出した色紙に、

〈日本を洗濯すべし。現代の坂本龍馬〉

と、書いた。

「なかなか、うまいじゃないか。日付も書いてくれないか。アラビア数字でいいんだ」

と、十津川がいうと、木戸は、色紙の下のほうに、今日の日付を書き足した。

「これでいいですか？」

「ああ、それでいい。ありがとう」

と、十津川はいってから、

「君は、京都にも、行ったことがあるか？　京都は、坂本龍馬が、暗殺された場所だし、墓も東山の霊山《りょうぜん》墓地にあるから、きっと行っていると、思うが、どうかね？」

と、きいた。

「ええ、もちろん、京都にも、行ったことがありますよ」

と、木戸がいう。

「五月一日から、京都の料亭には、納涼床というのが出ているんだが、それは、知っているね？　もちろん、知っていると思うが」

「ええ、知っていますよ。川に向かって床を張り出して、涼を取りながら、お客が、食事をするんでしょう？」

「その通りだ。それで、六月二十八日には、京都に行ったかね？」

と、十津川がきいた。

「今度は六月二十八日ですか？」

と、木戸は眉を寄せて、

「六月二十七日に北海道の旅行から帰ってきたばかりですからね。二十八日には、ちゃんと、会社に出ましたよ。僕が働いているのは、東京駅八重洲《やえす》口にある、三輪《みわ》電機という電機メーカーなんです。そこで、経理の仕事をやっています。四日間休んだばかりだから、六月二十八日には、ちゃんと、出勤していますよ。朝の九時から夕方の五時まで、きっちりと働いています。これも、会社で調べてもらえば、わかりますよ」

と、いった。

「東京駅八重洲口の三輪電機だね？」

「そうです。そこの経理で、働いています」

と、木戸はくり返した。

「船はどうだね？　船にも、時々乗るんだろう？」

と、亀井がきいた。

「船ですか？　船は、あまり、好きじゃないんですよ。すぐに酔ってしまうもので」

と、木戸はいった。

「しかし、坂本龍馬は、海援隊を創《つく》っているし、船の中で、例の有名な、船中八策を考えたんだよ。君は、坂本龍馬を、尊敬しているんだから、船に乗ることにも、なれた方がいいね」

と、亀井がいった。

「確かに、船中八策は、坂本龍馬が、船の中で考えたことですが、そうはいっても、僕は船酔いをするので、船は苦手です」

と、木戸が繰り返す。

「七月の二十一日だが、高知に向かうフェリーに乗ったことはないかね？」

と、亀井がきいた。

「今もいったように、僕は船酔いをするので、船には、乗らないんですよ。七月二十一日だろうが、そんなわけですから、船になんかは、乗っていませんね」

と、木戸はいった。

「じゃあ、七月二十一日には、どこにいたんだ？」

と、亀井がきく。

「確か、その日ならば、いつものように、会社に、出勤していますよ。これも、会社で調べてもらえば、わかるはずですよ」

と、木戸は強調した。

4

十津川たちが、念のために、東京駅八重洲口にある、三輪電機に行って調べてみると、間違いなく、六月二十八日と七月二十一日には、木戸英介は、朝の九時から夕方の五時まで、八重洲口本社の、経理課にいたことがわかった。

この事実も、次の捜査会議では、十津川は、三上本部長に、報告せざるを得なかった。

「残念ながら、木戸英介に関しては、三つの事件について、アリバイが成立しました。彼は、犯人ではありません。これだけは、認めざるを得なくなりました」

と、十津川はいった。

「やっぱり、そうじゃないか。川辺豊を殺していない人間が、ほかに二つの事件の、犯人であるはずはないんだよ」

と、当然だろうというような顔をして、三上はいった。

続けて三上は、

「この木戸英介という男が、犯人ではないとすると、ほかに誰か、容疑者らしい人間は、浮かんでいるのかね？」

「今のところ、まったく浮かんでおりません」

と、十津川はいった。

「しかし、犯人像は、しっかりとつかんでいるんだろう？」

と、三上がいった。

「そうです。この犯人は、現代の坂本龍馬を自称しており、坂本龍馬が、日本を洗濯すると書いているのを、そのまま鵜呑《うの》みにして、川辺社長とほかの三人を、次々に殺していいます。その上、その殺人を、わざわざ高知に行って、坂本龍馬に報告しているんです。坂本龍馬の銅像の台座に、落書きをしています。おそらく、それが、彼にとっては、坂本龍馬への報告なのでしょう。この筆跡も、木戸英介のものと違っています。犯人は、異常な執着心と行動力、実行力を持つ人間だと、私は、思っています。年齢は、たぶん、四十代だと思いますね。その上、拳銃を所持しています。危険な男です。これが、犯人像ですが」

と、十津川はいった。

「犯人像が、はっきりしているのに、容疑者は、浮かんでこないのかね？」

と、とがめるように、三上がきいた。

「確かに、犯人像は、はっきりしていますが、事件の周辺を調べても、殺された四人の被害者と犯人との繋《つな》がりが、見つかりません。これは、当然の話で、犯人の目的は、自分の知っている人間を、殺すことではありません。自分とはあまり関係のない、会社の社長や、漫画家や、あるいは、風俗営業で儲《もう》けている不倫の男女を、殺しているんです。犯人と被害者との間には、何の関係もないのですから、被害者のほうから、犯人に近づくことは、まず、不可能です」

と、十津川はいった。

「犯人は、今までに四人を殺している。犯人が、これで止《や》めるとは、君も思っていないんじゃないのかね？」

と、三上がきいた。

「そうですね。彼は、現代の坂本龍馬を自称して、本気で、日本の洗濯をしようとしていますから、これからも犯人が、今の日本にとって、ゴミだと考えている人間がいれば、その人間を、殺していくと思います」

と、十津川はいった。

「君が、次の被害者として、マークしている人間は、いないのか？」

と、三上がきいた。

「今まで、まだ政治家は、殺されていません。それを考えると、次は、政治家でしょうね」

と、十津川はいった。

「政治家といっても、何人もいる。その中の誰を、犯人が、標的にすると思っているんだ？」

「代議士の一人を殺すとは、考えにくいので、現在の政府の、総理大臣をはじめとする、大臣の中の誰かじゃないかと、思っています」

と、十津川はいった。

「それでも、まだ、漠然としすぎているな。政治家の中の誰を、殺すと思っているんだ？」

と、三上がきいた。

「犯人が、どんな政治信条を持っているのかがわかれば、彼が、殺そうとしている政治家も、わかってくるのですが、今のところ、犯人の政治信条が、はっきりしません」

と、十津川はいった。

「しかし、坂本龍馬に倣《なら》って、現代の日本を洗濯する、といっているんだろう？　だとすると、この男は、今の日本の政治に、不満なんじゃないかね？」

と、三上はいう。

「それは、そうですが」

「それならば、今の政府の、誰が標的になるのか、自然とわかってくるんじゃないのか？」

と、三上はきく。

「いちばん標的にされやすいのは、誰が考えても、総理大臣じゃないかと思います。政治家の中で、総理大臣が死ねば、いちばん影響が大きいですから、総理を洗濯したいという気持ちになるんじゃないでしょうか？」

と、十津川がいった。

「今の総理大臣かね？」

「そうです。しかし、今もいったように、犯人の政治信条によっては、ほかの人間が、狙われる可能性も生まれます。たとえば、今の政府の経済政策が不満だとすれば、財務大臣を狙うんじゃありませんか？　今の自衛隊のあり方が不満ならば、防衛庁の長官を狙うかも知れません。道路や鉄道に不満を持っていれば、国交省の大臣を狙う可能性もあります」

と、十津川がいった。

その捜査会議が終わった後、西本刑事が、

「例のＮチャンネルを、もう一度見てもらえませんか？」

と、十津川にいった。

「また、何か、メッセージが載っているのか？」

「例の現代の坂本龍馬の呼びかけに対して、何人もの人間が、メッセージを寄せているんですよ」

と、西本がいった。

西本が示したパソコン上には、彼のいう通り、何人もの人間が、メッセージを寄せていた。

その一つは、こういうメッセージだった。

〈現代の坂本龍馬さんに賛同する。

私も、つくづく、現代の政治の腐敗やマスコミのだらしなさに、腹を立てている人間の一人です。

あなたのいう通り、現代の日本には、洗濯すべき人間が、あまりにも多く存在しています。できれば、同志が力を合わせて、片っ端から、洗濯してしまいたい。

同志がどれくらい集まるのかは、わかりませんが、もし集まったら、全員で、次に誰をこの日本から排除してしまったらいいか、その名前を各自一人ずつ、あげてみようじゃありませんか？

現代の中岡慎太郎〉

これが、そのメッセージだった。

ほかにも、同じようなメッセージを寄せている人間が、九人もいた。

そのことに、十津川は、ショックを受けた。

その九人は、それぞれ、現代の西郷隆盛とか、現代の桂小五郎とか、書いていたが、中には、現代の洗濯男と、サインしている者もいた。どれもふざけているようでいて、しかし、よく読むと、いずれのメッセージからも、真剣なものが伝わってきた。

翌日、同じスレッドに、あの木戸英介が、メッセージを寄せていた。

〈十人も、私の呼びかけに、賛同してくれて、ありがとう。これからもどんどん、同志を増やしていこうじゃありませんか。

そこで、同志の諸君に提案なのだが、今の時代、まず洗濯すべき人間は誰なのか、その名前をあげて欲しい。

もし、十人、いや私を入れて十一人だが、その同志全員が、ただ一人の人間の名前をあげたら、それは素晴らしいことだよ。それだけでも、インパクトがあるからね〉

そのメッセージを読んだ亀井は、当惑と怒りの表情を見せて、

「これは、Nチャンネルの上だけの遊びだといえば、それまでですが、危険な兆候だと、私は思いますね。今は、十人の賛同ですが、これが、二十人、三十人になってくると、もっと危険なことになります。彼らが一致して、誰が一人の名前を書くとなると、その三十人の中には、妙な侠気《きょうき》を発揮して、自分たちのあげた名前の人間を、

本当に殺してしまうかも知れませんから」

と、いった。

「私も、カメさんと同じ危惧《きぐ》をおぼえているよ」

と、十津川がいった。

西本が、Nチャンネルに寄せられるメッセージを、克明にチェックしていった。

亀井が危惧したように、現代の坂本龍馬の呼びかけに賛同するものは、十人から二十人に増えていった。

そして、八月に入って、Nチャンネルのスレッドに、一人の名前が、浮かび上がってきた。

二十五人に増えた現代の坂本龍馬の同志たちの大多数が、現代の日本から、排除すべき人間として、一人の男の名前を、書き出したのである。

その名前は、十津川が予想したように、今の総理大臣、小暮健太郎だった。

5

その結果が、Nチャンネルに載った日の捜査会議では、当然、この問題が、論議された。三上は、いつになく、真剣な表情で、十津川に向かっていった。

「君は、連中が、総理大臣を襲撃すると思うかね？」

と、きいた。

「この名前は、例の木戸英介と、彼の考えに賛同した二十五人の同志、合計二十六人が、現代の日本から、排除すべき人間として、何人もの名前をあげていて、その中でいちばん多かった名前です。木戸英介についていえば、彼は、四人の殺人について、アリバイがありましたし、総理大臣を狙うとは、とても思えませんが、二十五人の同志の中には、跳《は》ねっ返りもいると思いますからね。それに、人を殺して、英雄になりたがる人間も、いるんです。木戸英介自身は大丈夫だとしても、二十五人の同志の中から、総理大臣を狙おうという人間が出てきても、おかしくはありません」

と、十津川はいった。

「この二十五人の住所と名前は、わかるのか？」

と、三上がきく。

「Nチャンネルの責任者にきけば、わかると思います。前にも、木戸英介について、教えてくれましたから、今度も教えてくれると思いますね。何しろ、狙われているのは、総理大臣ですから」

と、十津川はいった。

「じゃあ、すぐに、Nチャンネルに行って、そのリストをもらってきてくれ」

と、三上はいった。

十津川はすぐ、亀井を連れて、もう一度、Nチャンネルの事務所を訪ねていった。

今度も、相手は、初めは嫌な顔をしていたが、それでも、総理大臣の名前が出ているからといって、二十五人の住所と名前を、教えることを約束した。

三日後、ファックスで届いたそのリストを、十津川は三上本部長に見せた。

三上は、二十五人のリストを、何回も見返していたが、

「驚いたね。女性もいるんだ」

と、いった。

「そうです。二十五人のうち、五人が女性です。女性だって、社会問題に対して、怒りをぶちまけますからね。時には、男性よりも、厳しいです」

「住所を見ると、全員が、東京の人間というわけでもないんだな」

と、十津川はいった。

「そうです。十二人が東京で、残りが東京以外です」

と、十津川がいった。

「君は、この中に、本気で、今の総理大臣を殺そうとする人間が、いると思うかね？」

と、三上がきいた。

「今のところ、まったくわかりません。ですから、一人一人にあたるより、仕方がないと思っています。この二十五人に会ってみれば、彼らが、本当にどんなことを考えているのか、それが、おぼろげながらも、わかってくると思いますから」

と、十津川はいった。

「それなら、すぐ取りかかりたまえ。部下の刑事に命じて、この二十五人のことを洗うんだ。どんな人間なのか、今までに、どんなことをしてきたのか、それを知りたいね」

と、三上はいった。

「わかりました。私も、全員を調べるつもりでいます」

と、十津川はいった。

刑事が増員され、二人一組で、この二十五人の人間を調べてみることになった。

調べなければならないことは、わかっていた。二十五人の男女について、まず経歴を調べ、それから、どうして、今の総理大臣が、排除されるべき人間なのか、その理由を聞いてみたい。

この二十五人の家族関係も、調べなくてはならない。前科のあるなしも、調べる必要があるだろう。

それから、どの程度、現在の社会に、不満を持っているのか、それも知りたい。

この二十五人について、十人の刑事が二人でコンビを組んで、捜査にあたり、一人一人について、報告書が作られていった。

その報告書には、もちろん、二十五人の一人一人の写真も、添付された。

全員が若かった。中には、十八歳という、高校を卒業したばかりの青年も入っていた。最年長は、四十一歳の男である。

十津川と亀井は、集まった二十五通の報告書を、一つ一つ、丁寧《ていねい》に見ていった。

前科のある者は、二十五人のうち、たった一人だった。

そのことにも、十津川は、ある意味でショックを受けた。

「みんな、真面目《まじめ》な人間なんだ。だからこそ。怖い」

と、十津川は、亀井にいった。

「職業も、サラリーマンから、大学生、フリーターまで、さまざまですね」

と、亀井がいう。

「そうしたさまざまな人間が、現在の社会に、不満を持っているんだ」

と、十津川はいった。

「その二十五人が、本気で今の総理大臣を追い出したら、いい社会が、できると思っているんでしょうかね？」

と、亀井が、首をひねった。

「いや、それほど楽観的には、見ていないだろう。しかし、不満が重なってくると、いちばん上に立つ人間を、排除したくなるんだ。その気持ちは、わかるような気もするんだがね」

と、十津川がいった。

「排除するということは、殺してしまうということでしょうか？」

と、亀井がいった。

「この報告書を見る限りでは、はっきりと、殺すと、表明している人間は、いないね。全員が、今の総理大臣では、ダメだから、首をすげ替える、そんな表現をしている。しかし、現実に、一般の人間には、総理大臣を、辞めさせることなんてできやしない。特に、こうした、どこのグループにも属さない人間には、不可能だよ。そうなってくると、諦《あきら》めるか、あるいは、自分の力で、排除してしまおうとする。そのどちらかになるね。排除の気持ちが、強くなれば、行き着く先は、殺人だな。それがいちばん簡単だから」

と、十津川はいった。

その二十五通の報告書を読んでいる時、Nチャンネルのスレッド上には、新しいメッセージが載った。

〈私と二十五人の同志の考えは同じで、今の日本を、洗濯するためには、まず、今の総理大臣を、排除しなければならない、という点で一致した。

次に、私は、以下のことを、募集したい。

総理大臣を排除する、つまり、彼を洗濯するためには、具体的にどうすればいいか、その方法を募集する。

各自、有効な、それでいて、驚くような方法を、こぞって発表して貰《もら》いたい〉

それが、現代の坂本龍馬こと、木戸英介のメッセージだった。

第四章　決断の行方

1

Nチャンネルにまた、気になるメッセージが載った。

〈政界浄化の一助として、次の資料を提供する。

この資料は、首相の小暮健太郎の八月二十三日からの来週一週間の、スケジュールである。公務については、すでに、明らかになっているが、ここには、小暮健太郎のプライベートな、スケジュールも記すことにする。

このスケジュールを頭に入れて、各同志諸君は、面白い洗濯の計画を、立てて欲しい。

○月曜日。首相の父、小暮徳之助《とくのすけ》は、国務大臣を二期務めている。月曜日は、この亡父の命日で、首相は午後一時から二時の間に、青山の墓地に墓参りする予定。同行は、妻の昭子五十歳と、首席秘書官の飯沼恭三《きょうぞう》、それに、もちろんＳＰが六人である。

○火曜日。午後三時から五時までの二時間、国立劇場で、来日中のフランスの外務大臣と、歌舞伎鑑賞。

　当日の出し物は、近松門左衛門の「恋《こい》飛《び》脚《きゃく》大和《やまと》往来《おうらい》」からの「封印切り」。演者は、中村勘太郎と女形《おやま》の小太郎。首相は、女形の小太郎のファンである。

　この観劇の後、楽屋で、フランスの外務大臣を交えて、小太郎と歓談の予定。

○水曜日。来日中のサッカーのスペイン代表チームと、日本チームとの親善試合が、国立競技場で行われる。サッカー好きの首相は、午後七時から、スペイン大使と、この試合を、観戦する予定。

　七時から、終了までの予定だが、その途中で、公務が入れば、退席して官邸に戻る。

○木曜日。品川区上大崎の高田精密機械を、午後四時から六時の間に訪れ、高田社長と、歓談をする予定。

　この高田精密機械は、従業員三十人程度の中小企業だが、ＮＡＳＡに、スペースシヤトルの機器の一部を、納入している優良会社である。首相は、中小企業にも、目を向けているというパフォーマンスのために、この高田精密機械を、訪問する予定である。

　高田社長から、首相へ、記念品が贈られる予定。

○金曜日。等々力《とどろき》の中央病院で、月一回の定期検診を、受ける予定。午後一時から三時の間で、この病院の医師、吉沢総合診療内科部長は、首相の大学時代の友人である。

○土曜日。午後一時、アメリカ副大統領来日。外務大臣を交えての会談の後、午後六時から、新橋の天ぷら屋、天勝で夕食の予定。

場所は、天勝の離れ。以前に副大統領が来日した時も、首相は、この天勝の離れで、一緒に夕食を取っている。

　この日、天勝は、休みにはならず、一般の客も、入れる予定。夕食の出席者は、アメリカ副大統領夫妻のほか、大統領首席補佐官、首相、外務大臣、官房長官。

○日曜日。箱根仙石原《せんごくばら》の別荘で、一日静養の予定。

ただし、五年前に結婚した首相の娘夫婦が孫を連れて、この別荘を、訪れる予定になっている。この日が、この孫の、誕生日だからである〉

このメッセージの発信人は、例によって、「現代の坂本龍馬」となっている。

「例の木戸英介ですよ。引っ張ってきて、きいてみますか？」

と、亀井がいった。

十津川は、苦笑して、

「木戸英介は、あくまでも、真犯人のダミーなんだ。本当に危険な男は、この木戸英介の後ろにいるんだよ。黒幕がわからなければ、意味がないよ」

と、いった。

「ところで、このスケジュールなんですが、正確なんでしょうか？」

「首相官邸にきいたところ、ほぼ、間違いないそうだ。プライベートなスケジュールは、公表されていないから、どうして、犯人が、このスケジュールを知っていたのか、それが問題だと、官邸では、いっていたよ」

と、十津川はいった。

「新聞記者は、どうなんですかね？　来週の、総理のプライベートなスケジュールというのは、新聞記者なら、誰でも、知っているんでしょうか？」

と、亀井がきいた。

「これも、中央新聞の友人に、きいてみたのだが、来週の月曜日になって初めて、一週間のスケジュールが、明らかにされるそうでね。まだ、五日前だから、新聞記者も、ほとんど知らないらしい」

「すると、どうして、この木戸英介が知っていたのか、それが問題ですね」

と、亀井がいった。

「それを、首席秘書官も、問題にしているんだ。公務のスケジュールの方は、来週のものでもほとんど、決まっている。問題は、プライベートなスケジュールのほうでね。これについては、総理本人、首席秘書官、そして、官房長官ぐらいしか、知らないといっているんだよ。それが、どうして漏れるのかと、向こうも心配していた」

「総理の警護に当たるＳＰは、どうなんですか？」

「ＳＰには、毎週月曜日の朝九時に、一週間のスケジュールが、知らされる。だから、今現在は、知らないはずなんだ」

と、十津川はいった。

「すると、秘書ですね。総理の秘書は、何人、いるんですか？」

「全部で八人いるときいている。主席秘書官は、総理とはもう二十年来のつき合いで、総理の腹心だから、首席秘書官が、プライベートなスケジュールを、流すはずはない。

とすれば、残りの七人の秘書の、誰かが流したことになる」

と、十津川はいった。

「では、その秘書の連中を、調べてみますか？」

「いや、そちらのほうは、首席秘書官の飯沼さんが、調べるらしい。彼の話によると、酒好きの個人秘書が二人いて、そのどちらかが、酒を飲まされたかどうかして、漏らしたんじゃないか、そういっていた。しかし、それを漏らしたこと自体は、犯罪じゃないからね。漏らしたんじゃないかということだけで、われわれが、引っ張るわけには、いかないんだ」

と、十津川はいった。

2

二日後から、Nチャンネルのスレッドに、日本政界浄化計画が、載り始めた。

平たくいえば、首相暗殺計画である。

現代の坂本龍馬の呼びかけに応じた同志は、女性五人を含めて二十五人だが、その全員が首相暗殺計画の立案者ではなかったし、ダブっている計画もあるから、Nチャンネルに、次々と寄せられたメッセージの数を分類すると、九本になった。

十津川は、その九本の計画を、パソコンからプリントアウトして、刑事たちに配った。

捜査会議の時、三上本部長が、呆《あき》れたような顔で、

「こんな首相暗殺計画なんかを、立てた本人たちは、どういうつもりなんだ？」

と、十津川にきいた。

「問い質《ただ》しても、いうことは決まっています。すべて、遊びだと、いうに決まっています。要するに、首相暗殺計画という遊びです。遊びだから、面白おかしく考えた、そういいますよ。ですから、連中を、逮捕するわけにはいかないんですよ」

と、十津川はいった。

十津川は、その計画の一つ一つを、黒板に書いていった。

第一は、国立劇場で、フランスの外務大臣と歌舞伎を観劇中の首相を、高性能のライフルで、狙うというもので、そのライフルの名前と性能が、詳しく書かれていた。

もちろん、そんなライフルの性能などは、専門誌で読んだものだろう。

二番目は、日曜日に、ケーキ屋の車に見せかけて、それにプラスチック爆弾を積み込み、その車ごと、首相の別荘に、突っ込むというものである。

この日は、孫の誕生日だから、首相の友人の誰かに、頼まれたといって、ケーキを運んでいく。そのケーキの中に、プラスチック爆弾を、仕込んでおいて、別荘ごと吹き飛ばしてしまうというものだった。

この計画には、日本のジハードと、強調して書かれていた。

同じような計画は、三番目にも、書かれていた。

東京都調布市にある、民間の飛行場で、セスナを強奪し、それに爆弾を積み込んで、日曜日、箱根の首相の別荘に、突っ込むというものだった。

これにも、日本のジハードと、書かれていた。

四番目は、首相が、品川区上大崎《かみおおさき》の精密機械工場を見学するという木曜日の前日に、この工場自体を、乗っとっておく。

乗っとるには、拳銃を持った三人ないし四人で十分だろう。

工場を制圧した後、工員の服を着て、工場の中に紛れ込む。

首相もSPも秘書官も、工員たち全部の顔を、知っているはずはないから、工員たちの中に、紛れ込んでいても、まず、わからないだろう。

翌日の木曜日に、首相が工場に来てから、隙《すき》を狙って、首相を射殺するなり、誘拐《ゆうかい》するなり、すればいい。

五番目。首相の公用車あるいは、プライベートに使っている車の運転手を誘拐、似た顔の男を、運転手に化けさせて、首相を迎えに行かせる。毎日のことなので、首相も、その周囲の人間も、まさか、運転手が、すり替わっているとは思わず、安心して、公用車あるいは、プライベートの車に、乗り込むだろう。

その車の中では、おそらく、運転手と首相と、首席秘書官の三人だけになってしまうだろう。

その時に、運転手は、その場で、首相を暗殺してもいいし、あるいは、睡眠薬を使って、眠らせて、誘拐してもいい。この計画は、いつでも可能。

六番目。首相が、国立劇場で、歌舞伎を観劇する日は、午前十時から始まっており、その時、客の中に、同志数人が紛れ込み、国立劇場の中の、トイレの何カ所かに、爆薬を仕掛けておく。

午後三時になって、首相が、フランスの外務大臣と観劇中に、その爆薬を、次々に爆発させていくと、ＳＰたちは、首相とフランス外務大臣を、避難通路を使って、避難させようとするだろう。それを考え、あらかじめ、避難通路の近くに、スナイパー二、三人を、潜ませておき、ＳＰに囲まれて逃げてくる首相を狙撃《そげき》する。

七番目。東京ヘリポートで、都内遊覧のヘリコプター一機あるいは、二機を、ハイジャックする。できれば、二機がいい。

その二機のヘリコプターによって、箱根の別荘に向かう首相の車を、上空から襲撃する。

八番目。七五〇ccの、いわゆるナナハンのバイク二台を、あらかじめ、白バイ仕様に塗装しておく。同志二人が、白バイ隊員に変装し、このバイクに乗車。

この二人のうちの一人が、日曜日に、箱根の別荘附近に待機、首相は、おそらく、SPの車二台に、前後を挟まれて、箱根の別荘に、到着するだろう。

その三台の車を、途中で待ちぶせて、ニセ白バイ隊員が、SPの隊長に向かっていう。

「ただ今、首相の車のトランクに、爆薬を仕掛けた、という通報がありましたので、調べていただきたい」

と、告げる。

SPたちは驚いて、首相の乗った車を、調べるだろう。

その時、ニセ白バイ隊員二人は、それに協力するようにして近づき、車から避難した首相を、射殺する。

九番目。首相は、月曜日の父親の命日に、青山で墓参する。その前日に、同志が花束を持ち、同じ墓地を訪ね、墓参りをするふりをして、首相の家の墓の隣の墓石に、大量の爆薬を、仕掛けておく。

首相の家の墓は、いちばん奥にあるから、同日、首相一行は、爆薬を仕掛けた墓石の前を、必ず通るはずである。

その時刻に合わせて、爆薬のスイッチを入れる。大量のプラスチック爆弾を使えば、その一撃で、首相は、一瞬のうちに、あの世に行くことになるだろう。

「呆れた計画ばかりだな」

三上本部長が、感想を述べた。

「こんなことを、堂々とサイト上に、載せていいのかね？　何とか、取り締まる方法は、ないのかね？」

と、三上は、十津川にきいた。

「よく読んでくだされればわかると思うのですが、日本政界浄化計画とはなっていますが、小暮首相暗殺計画とは、書かれていないんです。ですから、これは、あくまでも、架空の遊びだと、いわれてしまえばそれまでで、取り締まることはできません」

と、十津川がいった。

「君はまさか、この九つの計画が、実行されるとは、思っていないだろうね？」

と、三上がきいた。

「確かに、この計画を、一つ一つ読んでいきますと、それぞれ、かなり杜撰《ずさん》なところがあって、このまま実行できるとは、思えませんが、バカな男がいて、この計画通りに、実行しようとするかも知れません。ですから、この計画を、まったく無視するわけにも、いかないと思っています」

と、十津川はいった。

「じゃあ、いちいち、来週月曜日から日曜日まで、この計画が実行されるかどうか、それを見守っているのかね？　どれだけの人員を出せば、その監視が、可能なんだ？」

と、三上がいった。

「それが、よくわからないのです。たとえば、国立劇場の監視といっても、劇場の中は広いですし、観客が一杯です。その観客の一人一人を、調べるわけにもいきませんし、ですから、かなりの人数が、必要です。都内遊覧の飛行機のハイジャックを防ぐとか、東京へリポートのヘリコプターのハイジャックを防止するというのは、わりと、簡単だと思いますが」

と、十津川がいった。

「総理の警備に当たるSPにも、このNチャンネルのメッセージは、伝わっているんだろうね？」

「もちろん、伝えてありますし、SPも、Nチャンネルに、目を通しているようです」

と、十津川はいった。

「バカげてはいるが、と、いって、無視もできないということだな？」

と、三上がきく。

「そういうことです」

「それで、この九つの計画を書き込んだ連中なんだが、一人一人の氏名は、わかっているのかね？」

と、三上がきいた。

「前と同じように、Nチャンネルに協力してもらっています。ですから、計画を書き込んだ人間は、全部、わかります。一人一人ではなくて、二人か三人が、共同してというか、同じような計画を立てている場合もあるので、九つで九人というわけにはいきません。ですから、前と同じように、同志を名乗った二十五人全員を、調べる必要があると、私は、考えています」

と、十津川はいった。

「来週まで、まだ、三日間あるから、その二十五人を全員調べてみろ。そして、その中に、狂信的な人間がいて、暗殺計画を実行しようとしたら、その人間を逮捕するんだ」

と、三上がいった。

「私も、そうしようと思っています」

と、十津川が答えた。

3

Nチャンネルのメッセージを、新聞の一紙が、取り上げた。

「バカげているし、子供じみているが」と、一応、断っての取り上げ方だったが、週刊誌も、これを取り上げた。

週刊誌の取り上げ方は、新聞よりも、もう少しばかり刺激的で、「首相、あなたは、狙われていますよ」というタイトルの記事になっていた。

そして、週刊誌は、首相官邸、SP、それから、国立劇場や、国立競技場などの、警備員からの意見も、載せていた。

警視庁も、意見をきかれて、三上本部長が答えている。

「私も、バカげているとは、思いますが、警察関係者として、完全に無視をするというわけにもいきませんので、一応、部下に調べさせています」

と、三上は、慎重な答え方をした。

刑事が動員され、問題の二十五人について、一人一人、調べていった。

「私は、あまり期待していないんだがね。三上本部長が、しゃかりきになって、全員を徹底的に調べろと、指示しているんだ」

と、十津川が、亀井にいった。

「おそらく、官邸の首席秘書官あたりから、ハッパをかけられているんじゃありませんか？　警察は、これを黙って見ているのか、そんなふうに、叱責《しっせき》が届いているんじゃありませんか？　そうなると、ウチの本部長は、政治家に弱いですから」

と、亀井は笑った。

二十五人の、いわゆる、同志たちの調査結果は、次々と、十津川に報告された。

それはほとんど、十津川の予期した範囲のものだった。

「こちらが問い質《ただ》すと、相手は決まって、こういいます。これは、ただの遊びだから、楽しんで書いた。しかし、もちろん、総理を襲撃する気なんて、まったくない、そういって、笑っています」

と、刑事たちは、十津川にいった。

「私だって、ほとんどの人間が、面白がって、冗談に、首相襲撃計画を、あのサイトに載せたんだと思っている。中には、ひょっとして、本気でいる者もあるかも知れないが、本気な人間こそ、あれは冗談だと、いうに決まっているからね。いずれにしろ、本気で、この計画を実行しますというようなバカは、いないいんだ」

と、十津川もいった。

「これからどうしますか？」

と、亀井がきいた。

「二十五人にきいたところ、全員が、これは遊びで、ふざけていっているんだと、報告しても、三上本部長は、納得しないでしょうね」

「多分、納得しないだろうね。きっと、本部長は、こういうよ。二十五人の男女が、冗談でNチャンネルに計画を載せたというのなら、その証拠をつかんで来いと、そういうに決まっている」

「しかし、冗談だと、いっている相手に、冗談だという証拠を示せというのは、難しいですよ」

亀井が、いった。

「しかし、三上本部長だけでなく、首相官邸だって、このNチャンネルの計画を、苦々しく思っているはずだから、その証拠を示せと、いってくるに決まっている。だから、私は、仕方なく、刑事たちには、もう少し調べてみろと、いってある」

と、十津川はいった。

「しかし、何を調べるんですか？　冗談の証拠ですか？」

「この九つの首相襲撃計画を見てみると、ライフルを使うとか、プラスチック爆弾を使うとか、勝手なことを書いている。問題の二十五人の男女が、果たして、そういうものを、手に入れる力があるのかどうか、それを調べるようにと、いってあるんだ」

と、十津川はいった。

それを調べあげて、三上や、あるいは、首相の側近が、納得するかどうかは、わからなかった。と、いって、調べなければ、すぐに調べろと、再度、命令が来るに決まっていた。

そこで、あらためて、二十五人の男女について、詳細な記録が、集められた。

それは、主として、彼らが、拳銃やプラスチック爆弾を、手に入れられる状況にあるかどうか、それと、彼等の交友関係である。

その結果を、十津川は、三上本部長に報告した。

「二十五人の男女のうち、二十人は、まず問題がないと思われます。女四人と男十六人です。彼らは、ほとんどが、サラリーマンかOLで、今までに、何か事件を起こしたということがありません。それに、拳銃を買うとか、プラスチック爆弾を手に入れる機会は、ほとんどないと思われます。また、拳銃を撃った経験もないと思いますので、彼らが、拳銃や、プラスチック爆弾を手に入れたり、あるいは、ヘリコプターを乗っ取るというようなことは、まず、考えられません」

と、十津川はいった。

「後の五人は、どうなんだ？」

と、三上がきく。

「男四人と女一人が、残っています。男四人のうちの一人は、元自衛隊員で、銃の扱いには慣れていますから、もし、銃を手に入れることができれば、それを持って、襲撃する可能性はあります。残りの男三人ですが、一人は、商社マンで、アメリカに何年かいたことがありますので、その時のツテを使って、拳銃や、プラスチック爆弾を、手に入れることは、可能かも知れません」

「残りの二人は？」

三上が、きいた。

「残りの二人のうちの一人は、大学生で、化学を専攻しています。したがって、火薬の扱いには慣れていると、私は見ています。また、彼は大学の夏休みに、グアムに行ったことがあります。友人の話では、その時、拳銃を撃った経験を持っています。向こうでは、簡単に、一発一ドルで、拳銃が撃てますから」

「もう一人は？」

と、三上がきく。

「これが少し問題です。年齢は三十五歳で、現在は、自営業をやっています。二十八歳の時に、爆薬を使って、気にいらない友人のマンションを、爆破した経験を持っています」

と、十津川がいった。

「女性の一人は、どうなんだ？」

「この女性は、二十八歳の独身のＯＬですが、別に、前科はありません」

「それならどうして、君は、その女性をマークしているんだ？」

「実は、この女性は、さっきいった自衛隊上がりの男と、つき合いがあるんです。それで、念のため、両方をマークする必要があると、私は、考えます」

と、十津川はいった。

「そうすると、君がマークする男女としてあげたのは、五人だけなんだな？」

と、三上がいった。

「自称、現代の坂本龍馬の呼びかけに、同志として名乗りを上げた二十五人のうちで、マークすべきなのは、この五人だけです。しかし、私は、むしろほかにも、危険な人間がいると思うのです」

「どういう人間だ？」

と、三上がきく。

「今の世の中は、物騒だと思っています。平凡な人間が、突然凶暴になるからです。多くの人間が、世の中が、面白くない、あるいは、人間関係がうまくいかない、そうしたことで、イライラしているような、社会だと思うのですよ。ですから、この二十五人以外にも、あのＮチャンネルのメッセージを見て、快哉《かいさい》を叫んでいる人間が、何人もいると思わなければなりません。むしろ、その中にこそ、孤独で、何かしでかして、社会を驚かせてやりたい、そんな人間が、何人もいると考える必要があります。その連中は、Ｎチャンネルの上で、ヒーローになりたい、そう思って、あの九つの計画を利用して、首相を狙うかも知れません。私は、むしろ、そういう人間のほうが、恐ろしいのです」

と、十津川はいった。

「しかしだな、そういう人間は、名乗り出て来る筈《はず》はないから、探すのが大変だろう。どうやって、探すつもりなんだ？」

と、三上がきいた。

「今、本部長がいわれたように、名乗り出ては来ないから、探すのは大変です。それに、Nチャンネルに加入している会員は、五万人といわれていますから、その五万人すべてを洗うことは、不可能です。しかし、見つけ出したいと思っています」

十津川が、いった。

「ほかに、危険な人物は、いるのか？」

と、三上がきいた。

「実は、もう一人います」

と、十津川はいった。

「それは、誰なんだ？」

「今までに、川辺重工の社長を殺し、漫画家を殺し、そして風俗業経営の不倫のカップルを殺した人間がいます。今、その男が、どこにいるのかは、わかりませんが、この男が一番危険だと、私は思っています」

「Ｎチャンネルの上で、現代の坂本龍馬を自称している男だろう？」

「それは、木戸英介という男ですが、彼は完全なダミーです。真犯人は、この木戸英介という男を操って、現代の坂本龍馬を名乗り、Ｎチャンネルを使って、同志を募ったり、首相襲撃計画を、載せたりしているんです」

と、十津川はいった。

「その犯人は、逮捕できないのか？」

「今、ダミーの木戸英介を、見張らせています。木戸英介に連絡してくる男がいれば、その男がたぶん、現代の坂本龍馬を自称している男だと、私は考えます」

「それで、その真犯人は、見つかりそうなのかね？」

と、三上がきいた。

「今も申し上げたように、ダミーの木戸英介を、最大限に使って動き、なかなか、自分自身は、正体を現しません。それで、苦労しているのですが、必ず、しっぽを出すと、私は確信しています」

と、十津川はいった。

4

問題の一週間が始まった。

捜査本部内には、この一週間を迎えるにあたって、意見が二つにわかれていた。

首相を襲撃する計画など、本当は、誰も持っていない。ただ、サイトの上だけで遊んでいるので、政府や警察を、からかっているのではないか、そういう意見もあったのだ。

しかし、警察としては、ただ単に、遊びとして、軽く見るわけにもいかなかった。首相官邸のほうから、厳しく、警戒するようにという、指示が警視庁にあったからである。

三上本部長は、苛《いら》ついていた。

これだけの警告があって、その上で、首相が狙われでもしたら、それこそ警視庁の責任になる。三上は、そう思っているに違いなかった。

三上は、首相の首席秘書官にきいてみたという。

「これだけ、サイト上で、いろいろと書かれていますが、総理のスケジュールを変更する気はないのですか？」

これに対して、飯沼という首席秘書官は、こう答えたという。

「総理が、そんな言葉遊びぐらいで、脅《おび》えて計画を変更したら、物笑いの種になる。だから、絶対に、スケジュールは変更しない。そういっておられます」

確かに、特定のサイトの上で、不特定の人間が、面白がって首相襲撃計画を立てたことに対して、いちいち、首相官邸が、敏感に反応していたら、物笑いの種になるだろう。

したがって、首相が、スケジュールを変えないというのも、わからないわけではなかった。

「それだけに、警戒を厳重にしてもらいたいんだ」

と、三上が、十津川たちにいった。

月曜日、警官が動員され、また、ＳＰも首相の周囲を固めて、緊張していた。

しかし、何事もなく、その日は、終わってしまった。

「これを一週間続けるのですか？」

と、亀井が、疲れた顔でいった。

「本部長は、その気だよ」

十津川がいう。

「警部は、どう思われているのですか？　誰かが、この一週間の間に、総理を襲撃すると、思われているのですか？」

と、亀井がきいた。

「それは、わからないが、現実に、現代の坂本龍馬を名乗る男は、すでに、四人の人間を殺しているんだ。そして、木戸英介というダミーを使って、Nチャンネルで、仲間を募集した。そんな男が、ただ警察をからかって、喜ぶだけで済むと思うかね？」

と、十津川はいった。

「とすると、警部は、この一週間の間に、犯人が、必ず総理を襲うと思われているんですか？」

「おかしないい方だが、襲わなければおかしいと、私は思っている」

と、十津川がいった。

5

火曜日も何も起きない。警察の配備は、無駄に終わった。

水曜日。まったく何も起きない。

木曜日。警視庁に電話が、二本かかってきた。

「これから総理大臣を襲う」という電話。

それからもう一本は、

「今日中に、小暮首相は死ぬ。君たちが、どれだけ防ぐことができるか、楽しみだ」

どちらの電話も、公衆電話から、かかっており、その公衆電話を特定して、刑事たちが駆けつけた時は、もう、誰もいなかった。

しかし、その日も、結局、何も起きずに終わってしまった。イタズラ電話だったのだ。

「あと三日ですね」

と、亀井が、十津川にいう。

その表情に疲れが見えた。何事も起きなかったといっても、亀井たちを、精神的に疲れさせていたからである。

「もう、これは、実行などを考えずに、ただＮチャンネルに、人を脅《おど》かすようなことを載せて、喜んでいるだけじゃ、ありませんかね？」

と、亀井がいう。

「その質問には、前と同じようにしか、答えられないよ。私自身は、ある人間を考えているからね。その男は、Ｎチャンネルに載ったことを、ただ面白がっているんじゃなくて、実行しようとしている。そういう男だと、私は思っているんだ」

と、十津川はいった。

しかし、金曜日になっても、何事も起きなかった。

土曜日も同じである。

刑事たちは、毎日動員され、警戒に当たっていたので、土曜日には、すでに、精神的に疲れ切っていた。

「あと一日だな」

と、三上本部長が、十津川にいった。

「そうです。しかし、まだ、あと一日残っています」

「しかし、ここまでくると、これは、単なるイタズラだったと、思うより仕方がないんじゃないのかね？　まあ、イタズラで、こちらとしては内心、ホッとはしているんだが」

と、三上が笑った。

その笑いにも、あと一日で、問題の一週間が、無事に終わるという安堵感《あんどかん》が、ありありと見てとれた。

「しかし、あと一日が大事です。いままで、月曜日から土曜日まで、何事も起こさずに、われわれを安心させておいて、最後の一日に、犯人は、賭《か》けようとしているのかも知れませんから」

　と、十津川は、あくまで慎重ないい方をした。

「確かに、君のいう通りだ。今まで大丈夫だからといって、最後の一日が、大丈夫だとは限らない。気を引き締めて、警戒に当たってもらいたい」

　三上は、自分に言い聞かせるようにいった。

　最後の日曜日が始まった。

　この日の首相のスケジュールは、箱根の別荘に行って、丸一日静養することになっている。また、この日は、孫の誕生日で、娘夫婦と孫が、首相を訪ねて、箱根の別荘に行き、誕生祝いが行われるという。

「今日は、箱根に行きますか？」

　亀井が、きいた。

「いや、私は、東京にいたいと思う。箱根のほうは、神奈川県警が、別荘の周辺を固めている。だから、われわれは、総理が、東京の官邸から、箱根の別荘に向かう途中の警護を見守ろうじゃないか」

　と、十津川がいった。

計画に従って、首相の車は、ガードされながら、官邸を出発して、箱根に向かった。

その途中、突然、十津川は、三上本部長から呼び出され、

「すぐ、箱根に行ってくれ」

と、いわれた。

「何かあったんですか？　今、モニターを見ているんですが、総理の乗った車は、何事もなく、箱根の別荘に、向かっているようですが？」

と、十津川がいった。

「何があったかは、知らん。しかし、首席秘書官から電話があって、とにかく、信用のおける刑事を、別荘に寄越してくれ、そういうんだ。だからすぐ、君と亀井刑事で、箱根に行ってくれ」

と、三上はいった。

とにかく、至急ということなので、十津川と亀井の二人は、パトカーを使わず、ヘリコプターを使うことにした。

東京ヘリポートに急行して、そこから、警視庁のヘリに乗った。

そのヘリの中のモニターにも、刻々と、首相の車が、箱根の別荘に向かう姿が、映されている。上空を警護するヘリコプターからの映像だった。

「何も、事件は、起きていないように見えますがね」

亀井が、首をかしげた。

「その通りだが、三上本部長は、首席秘書官の声が、ふるえていたといっている。だから、何かあったのは、間違いないんだ」

と、十津川はいった。

二人の乗ったヘリコプターは、三十分で、箱根の仙石原上空に着いた。緊急用の臨時へリポートに、着陸する。

そこには、連絡しておいたので、神奈川県警のパトカーが待っていた。

二人はそれに乗った。

「何かあったんですか？」

と、パトカーに乗っている神奈川県警の若い刑事が、きいた。

「私たちにも、何もわからないんですよ。とにかく、至急来てくれと、首席秘書官から、いわれただけでしてね」

と、十津川はいった。

パトカーは、きっかり十五分で、首相の別荘に着いた。

十津川と亀井の二人は、わざと、別荘から五十メートルほど離れたところで、パトカーを降り、そこから歩いて、別荘に向かった。そうするようにとの指示が、あったからである。

二人は、また、その指示の通り、別荘の裏口から中に入った。

別荘の中は、静かだった。何か事件があったような気配は、感じられない。SPも普段通りの顔をしていたし、別荘にいる使用人やお手伝いの顔も普通だった。

ただ、飯沼首席秘書官だけが、いやに緊張した顔で、

「ちょっと、こちらに来てください」

と、いって、二人を二階の一室に案内した。

「何があったんですか？」

と、十津川はきいた。

「秘密を守って欲しいんですが、大丈夫ですね？」

と、飯沼が念を押す。

「もちろん、大丈夫です」

「それなら話しますが、今日は、総理のお孫さんが、ここに遊びに来ることになっています」

「それは、知っていますが」

「総理には、子供が二人いましてね。長男のほうは、現在、同じ党のベテラン代議士の秘書をやっています。つまり、政治家の見習いですね。それから、娘さんのほうは、大手企業のエリートサラリーマンと結婚して、現在、月島のマンションに住んでいます。この娘さん夫婦には、子供がいて、それが総理のお孫さんに当たるわけです」

と、飯沼がいった。

「そのお孫さんが、どうかしたんですか？」

と、十津川がきいた。

「いや、娘さん夫婦と、お孫さんは、現在、こちらに向かっていますから、総理と同じくらいの時間には、着くと思います」

と、飯沼はいった。

「それでは、なぜ、私たちを呼んだんですか？」

十津川が、きいた。

「実は、内緒なんですがね。総理には、もう一人、現在、三十歳になる娘さんがいるんですよ」

と、飯沼がいった。

「それらしい話を、きいたことがありますが、本当なんですか？」

と、亀井がきく。

「事実です。総理が、まだ独身時代につき合っていた女性との間に、生まれた子供でしてね。三十歳になる娘さんですが、もちろん、総理は、認知しています。しかし、このことは、内緒になっています。この娘さんにも、子供がいるんですよ。その子も、総理にとっては、孫です。実は、その孫が、昨夜、誘拐されたんです」

と、飯沼がいった。

「誘拐ですか」

思わず、十津川の顔が、強《こわ》ばった。

「しかし、今もいったように、この娘さんのことは、内密になっているので、当惑しているのです。実は、この娘さんが、総理のところに、助けを求めてきましてね。何とか、子供を助けて欲しいというんです。しかし、ヘタをすると、この事実が、格好の首相攻撃の材料になってしまう。そこで、何とか、内密に誘拐された子供を、助け出して欲しい、そう思いましてね。それで、知り合いの三上本部長に電話をして、信頼のおける刑事を、至急別荘に寄越して欲しい、そう伝えたんですよ」

と、飯沼はいった。

「その娘さんとお子さんの写真が、ありますか？」

　と、十津川がいった。

　飯沼は黙って、二枚の写真を、二人の前に置いた。

　一枚には、和服姿の三十歳前後の女性が、写っている。もう一枚には、祭りの格好をした、五歳ぐらいの男の子が写っていた。

「女性の名前は、久保田明江《あきえ》。明治の明に、江戸の江です。そして、五歳の子供のほうは、健康の健に、漢数字の一で、健一です」

　と、飯沼はいった。

「なるほど。子供のほうは、小暮健太郎の一字を、取ったわけですね？」

　と、亀井刑事がいった。

　その言葉には、飯沼は何も答えず、

「今もいいましたように、この久保田健一君が、昨夜、何者かに誘拐されました。その犯人は、今朝、電話をかけてきまして、要求は、直接、首相にするといったそうです」

「つまり、犯人は、久保田健一君が、小暮首相の孫に当たることを知っていて、誘拐したわけですね？」

　十津川がきいた。

「その通りです。ですから、要求は首相にするといってきたので、それで、お二人に、至急、この箱根の別荘に来ていただいたのです。犯人は、十二時に、この別荘に電話をしてくることになっています」

「総理は、犯人の要求に応じるつもりなんですか？　まず、その点をおききしておきたい」

と、十津川はいった。

「もし、犯人の要求が金銭ならば、それには応じてもいい、総理は、そういうお気持ちです。しかし、もし、犯人の要求が金銭ではなく、政治的なものならば、どうしたらいいのか、それが、総理にもわからず、困っています。私にもわからない。というのは、理由は二つあります」

と、飯沼はいった。

「一つは、総理の合理性です。総理は、今までの日本の政治家が、義理人情にとらわれて、ともすれば、合理性を失っていた。しかし、それでは、近代的な政治は行えない。そう考えて、合理性を前面に押し出したんです。それが、小暮総理の人気でもあるんですが、しかし、それと同時に、総理は冷たい、という批判もまた、かなり多く、寄せられています。これが単なる政治問題ならば、冷たいという批判にも平気なんですが、今度は、五歳の男の子の命が、かかっていますからね。もし、犯人の要求をはねつけて、子供が殺されるようなことがあれば、それみたことか、小暮総理の冷たさが、これで証明された、そういわれるに決まっているんです。それが第一点です。第二点は、総理のもう一人の娘さんにも、同じく、五歳の男の子がいます。ですから、もし、犯人の要求を蹴《け》って、健一君が殺されでもしたら、やはり、総理は冷たかった、正妻の娘の孫は大事だが、捨てた娘の孫は可愛《かわい》くないんじゃないか、そういわれるに決まっています。これは、総理にとって、大きなマイナスになってしまいます。この二点を、総理は、とても憂慮《ゆうりょ》されていますし、私も心配しています」

「では、犯人は、金銭ではなく、政治的な要求をしてくると、考えていらっしゃるんですか？」

十津川がきいた。

「今朝早く、犯人から、母親の明江さんに電話がありまして、その時、彼女は、お金ならいくらでも払うから、息子を一刻も早く返して欲しいといったんですよ。すると、犯人は、電話の向こうで、笑いましてね。今日の昼に首相に電話をする。別に金が欲しくて、この誘拐をやったわけじゃない。そういったんです。ですから、犯人の要求には、政治的な問題が絡《から》んでいると思うんです。そうなった時に、どうしたらいいのか？　政治家としては、毅然《きぜん》として、犯人の要求をはねつけるのが正しいでしょう。しかし、同時に、小暮総理は、冷たい人間で、捨てた娘の子供のことは何も構わない、そういわれて、攻撃されるに決まっています。選挙では、日本の有権者というのは、たぶんに、首相の政治信条ではなくて、首相の人柄によって、投票することが多いですからね。その時に、冷たい政治家だという烙印《らくいん》を押されていたら、負けるに決まっています。それで、どうしたらいいのか、まず、そのことを十津川さんにご相談したいのですよ」

と、飯沼はいった。

「犯人は、具体的にどんな要求をしてくると、お考えなんですか？」

と、十津川はきいた。

「それが、わかりません。しかし、今もいったように、犯人は、金が欲しくて誘拐したのではないと、いっているんです。その上、直接、首相に電話をかけてくると、いっていますから、内容はわかりませんが、何か政治的な要求を突きつけてくると、考えざるをえません。その場合、どうしたらいいのか、それを十津川さんにおききしたいのですよ」

「政治的な要求というと、どんなことを考えておられるのですか？　たとえば、総理に向かって、今すぐ総理大臣を辞めろ。さもないと、久保田健一君を殺す。そんな要求をしてくると、考えていらっしゃるのですか？」

「そんな要求が、あるかも知れません。あるいは、もし、犯人の嫌いな国務大臣がいたとします。その国務大臣を、すぐに罷免《ひめん》しろ。そんな要求をしてくるかも知れません。政治家としては、当然、そんな要求は飲めませんから、拒否をします。それが毅然としているといって、評価されるのはいいんですが、今もいったように、人質の五歳の孫が、殺されてしまえば、総理は、冷たい人間だと思われてしまう。何としてでも、そうした評価は、防ぎたいのですよ。それで何とか、十津川さんに、いい解決の方法を、教えていただきたいのです」

　と、飯沼はいった。

「そういう問題について、いい解決の方法なんか、ありませんよ」

　と、十津川はいった。

「何とか、いい方法はありませんか？」

「それは、総理の決断いかんでしょう。飯沼さんのいうことをきいていると、どんな方法を取っても、結局、マイナスになってしまう。つまり、どんな決断をしても、政治的にもマイナスだし、選挙では不利になってしまう。しかし、政治家としても、祖父としても、何らかの判断を、しなければならないのでしょう？　そうした総理の決断について、何がいいかなんて、私には、いえませんよ」

と、十津川はいった。

第五章　身代金《みのしろきん》

1

十二時ちょうどに、犯人の男から、電話がかかった。

その電話には、首席秘書官の飯沼が出た。

首相の娘の綾《あや》子《こ》は、孫の健《けん》介《すけ》と、奥で遊んでいるのか、時々、子供の笑い声が、きこえてくる。

「首席秘書官の飯沼だ」

と、電話で伝えると、相手は、

「首相は、電話に出られないのか？」

「急な用事ができてしまってね。しかし、私が誠実に答えるようにといわれている。君のいうことは、すべて、総理に伝えるよ」

飯沼が、いった。

首相の小暮は、飯沼の隣に座り、犯人と飯沼のやりとりに、耳を傾けている。

「誠実にか」

と、男は、電話の向こうで、笑った。

「とにかく、君のいい分を、きこうじゃないか。いったい、何が欲しいんだ？」

と、飯沼がきいた。

「そうだな。今の日本には、小暮健太郎のような首相は、要《い》らないんだ。だから、潔《いさぎよ》く辞めてもらいたい。それが、俺の要求だ。もし、どうしても、辞められないというのなら、首相の孫の、久保田健一を殺すことになる」

「君にいっておくがね。総理というのは、一個人の存在ではないんだ。また、家族のものでもない。何といっても、日本国民の総理なんだからね。したがって、個人的な理由で、勝手に総理を辞めるわけにはいかないんだよ。それぐらいのことは、君にだって、わかるだろう？」

飯沼は、諭《さと》すようにいった。

「わからないね。これが、国際問題がからんでいるなら、辞められないというのもわかる。しかしあくまでも、個人的な理由なんだ。総理だって、個人的な理由で、辞めることができるんだろう？　病気でもいいし、一身上の都合という、曖昧《あいまい》な理由だっていいんだ。場合によっては、疲れたといったって、いいじゃないか？　とにかく、辞めるんだ。辞めなければ、総理の孫の健一は、死ぬことになる」

と、犯人はいった。

「今もいったように、総理という職は、総理個人のものじゃ、ないんだよ。国民全体を代表する存在であり、また、現在のような国際情勢では、日本を代表して発言する立場にあるんだ。そうした総理が、孫を助けるためといっても、辞めるわけにはいかないんだ。それがわかったら、健一君を解放したまえ」

飯沼が、いった。

「今、その別荘にいる孫の、何といったかな、確か、健介だったな。こちらの健一と同じように、首相の健太郎の一字を、もらったっていうわけだ。それに、同じ五歳だというじゃないか。もし、そちらの健介を、俺が誘拐して、今と同じ要求をしたとしたら、小暮首相は、サッサと、辞めるんじゃないのかね？」

「いや、そんなことはない。同じように、絶対に辞めることはできないと、返事をするだろうね。総理というのは、そういうものなんだよ」

と、飯沼がいうと、

「きいたふうなことをいうな。いいか、五歳の子供、それも、首相の孫を、俺は誘拐しているんだ。それとも、首相は、そちらの健介は可愛《かわい》いが、こっちの健一は、可愛くないというのかね？　可愛い孫の生死が、かかっているとなれば、サッサと、総理の地位を退く。そういうことをすれば、首相は、いろいろといわれているが、人情のある温《あたた》かい人物だと思って、尊敬されるよ。確か、イギリスの国王だって、愛のために、国王を辞めたことが、あるじゃないか。俺は、それと同じことを、要求しているんだよ。孫への愛だよ。それに、今の首相は、人気がないからな。個人的な理由で辞めたって、国民は、怒るより喜ぶんじゃないのか？　それとも、小暮さんは、首相の地位にしがみつきたいから、孫が殺されても、平気なのかね？」

犯人が、いった。

「君は、何か、誤解をしているようだがね。小暮総理は、本当に、心の温かい人なんだ。その証拠に、明江さんのことだって、きちんと、認知している。そのこと一つを見たって、小暮総理が、温かい心の持ち主だということが、わかるじゃないか？」

と、飯沼はいった。

また、電話の向こうで、男が笑った。

「そんなものかね。認知なんてものは、簡単にできるものだ。後は、金だけじゃないか。しかし、その金も、明江の母親のほうには払ってないそうじゃないか？　週刊誌にもそう書いてあったぞ。冷たい総理だって。昔関係していた女には、見向きもしない。彼女が病気になっても、見舞いにも来ない。いや、見舞いの電話さえ、かけない。そう週刊誌には書いてあった。俺は、あの週刊誌の記事は、事実だと思っている。だから、明江の子供の健一、つまり、首相の孫を、誘拐してみたんだ。案の定、俺が、健一を殺すといっても、勝手にどうぞと、いう態度じゃないか？　そんな小暮首相の、どこが温かいんだ？　もし、俺が健一を殺して、それが新聞ダネになったら、きっと、心の冷たい、愛情のない、首相ということが、評判になるんじゃないのか？　それでもいいのか？」

犯人は、脅《おど》かすようにいった。

「しかしだな。君だって、子供を殺しても、一銭の得にもならんだろう？　本当は、君が健一君を誘拐したのは、身代金が欲しいからじゃないのかね？　総理も、身代金ならば、払ってもいい。そういっておられるんだ」

飯沼は、一所懸命に説得した。

「やっぱり、何でも金か。そうだな、身代金も悪くないね。しかし、高いぞ」

犯人が、いった。

「君の欲しい金額は、いったい、どのくらいなんだ？」

飯沼が、きいた。

「今、俺が妥協《だきょう》して、金ですますといえば、首相は、人気を落とさずに済むし、あと二年間は、首相の座に、座っていられるだろう。それを考えて、二年間分の、報《ほう》酬《しゅう》を要求しようじゃないか。二年間、総理大臣の職にいればもらえる給料だよ。それに、ボーナス、あるいは政治献金の額、そういうものを引っくるめて、そうだな、一億円を要求する。もし、それが支払われなければ、今ここにいる健一を殺して、それをマスコミに公表する。孫が殺されるというのに、助けようとしなかった冷酷《れいこく》な総理大臣、そういう声明文を作って、マスコミに発表する」

と、犯人はいった。

「一億円か」

「そうだ、一億円だ。ビタ一文欠けても、この取り引きは中止だ。俺は、容赦《ようしゃ》なく、ここにいる子供を殺す」

「しかし、一億円という金額は、あまりに大きすぎる」

と、飯沼はいった。

「そんなことはないだろう。確か、小暮首相の派閥では、二、三年前にも、ある団体から五億円を、政治資金としてもらったんじゃないのか？　どこかで、そんな記事を、読んだことがあるぞ」

「しかし、一億円という金額は、あまりに大きすぎる。すぐには、決断できないから、もう一度、電話をくれ。それまでに総理と、相談をして決めておく」

「よし、では、午後一時に、もう一度電話する」

そういって、犯人は電話を切った。

2

受話器を置くと、飯沼は、小暮首相と十津川に目をやった。

「どこからの電話だか、わかりますか？」

「ダメですね。犯人は、携帯電話を使っていると思われます。その携帯電話の番号はわかるでしょうが、多分、盗まれたものでしょう。それに、動きながら電話しているとすれば、発信場所を細かく特定することはできません」

と、十津川はいった。

「携帯の電話番号は、わかるんですね？　それならば、持ち主の人間は、わかりますね？」

「その携帯の持ち主は、わかります。しかし、今いったように、それが盗まれたものならば、名前がわかっても、どうしようもありません」

と、十津川はいった。

「どうにも、頼りないな」

飯沼はつぶやいてから、相談するために、小暮首相とともに、奥に消えていった。

十津川は、腕時計に目をやった。

犯人がいった午後一時まで、まだ三十分以上はある。

十津川は、今の会話を録音したテープを、亀井と二人できいてみることにした。

「どうにも、犯人がよくわかりませんね」

亀井が、聞き終ってから、いった。

「どこが、わからないんだ？　犯人の声のことなら、変声器を使っているんだ」

と、十津川がいうと、

「私がわからないのは、犯人の気持ちなんですよ。犯人は、現代の坂本龍馬を自称して、日本を洗濯すると、宣言しているわけでしょう？　そして、今までに、四人の人間を、殺しています。その上、今度は、小暮総理を殺すのには、どうしたらいいか、そう募集しておきながら、総理自身には何もせず、隠し子の息子、つまり、総理の孫を、誘拐しています」

「総理自身を狙うのは、無理だと思ったからじゃないのか？」

「それならそれで、わかるんですよ。総理の孫を、誘拐しておいて、その人質を使って、すぐに、辞めろといった。そこまでは、わかるんです。しかし、飯沼首席秘書官が、それはできないというと、突然、一億円の身代金を、要求しています。その変わり方が、わからないんです。犯人は、最初から、総理の辞職を狙っていたのではなくて、一億円という身代金が、目当てだったんじゃないのか？　私には、どうしても、そんなふうに、思えて仕方がないんです」

亀井が、舌打ちするようにいった。

「確かに、カメさんのいう通り、おかしいといえばおかしいな。なぜ急に、金のほうに気が変わったのか」

「警部は、どう思われるか、わかりませんが、私は、この自称坂本龍馬は、最初から、インチキだと、思っていました。結局、目的は、金ですよ。いろいろと、脅かしておいて、最後には、金を要求する。前の四人の殺害だって、そのための下準備だったんじゃなかったんでしょうかね。それに、Ｎチャンネルに書き込んで、同志を募っておきながら、結局、それはダミーで、最初から、総理の孫を、誘拐する気じゃなかったんでしょうか？　だから、龍馬の同志を気取って、さまざまな計画を立てて、それを発表した連中のことも、利用しただけにすぎないんじゃないでしょうか、われわれ警察の注意を引くためにですよ」

と、亀井がいった。

確かに、亀井のいう通りかも知れない。

しかし、どこか、それに同調できないものを、十津川は感じていた。

確かに、この犯人は、現代の坂本龍馬を気取るなど、インチキ臭い。

しかし、インチキはインチキなりに、何か企《たくら》んでいるのではないのか？

自分を現代の坂本龍馬だと、本気で信じ込んでいて、だからこそ、今まで四人もの人間を、殺してしまったのではないのか、十津川は、そんなふうに考えていた。

「とにかく、身代金の受け渡しの時に、犯人を捕《つか》まえれば、それで、すべて終わりですよ。前の三件の殺人事件も、解決です」

亀井は、決めつけるように、いった。

3

午後一時きっかりに、犯人はまた、電話をかけてきた。

その声が、大きくなったり、小さくなったりするのは、やはり、犯人が、携帯電話を使って、車で移動しながら、かけているからだろう。

応対には、今度も、首相秘書官の飯沼が当たった。

「どうだ、一億円を払う気になったか？」

犯人が、きいた。

「総理と相談した。子供の命には、替えられないから、総理も支払うことを約束された」

と、飯沼が答えた。

「一億円は、いつまでに、用意できるんだ？」

「今日は日曜日で、銀行は休みだ。だから、明日の月曜日にならなければ、用意できない」

「小暮首相ぐらいになれば、いつも一億円ぐらいの金は、現金で、用意しているんじゃないのかね？」

「そんなことはない。小暮総理は、清貧で通っている人なんだ。政治家の中で、誰よりも、金にはきれいな方で通っている。そんな総理が、自分の身の回りに、一億円もの現金を、用意しているはずはないだろう」

「どうも、もう一つ、信用できないがなあ。何しろ、小暮首相と、財界との結びつきは、いろいろと、ウワサになっているじゃないか。飯沼首席秘書官、あんただって、いろいろと、ウワサがあるよ。どこかの会社から、賄賂《わいろ》をもらったとかね」

「そんなものは、すべて、根も葉もないウワサだよ。全部デマに決まっているじゃないか」

飯沼は、怒ったようにいった。

「まあ、いい。じゃあ、明日の正午に、電話をする。それまでに、一億円を用意しておくんだ。その一億円を、銀行から調達したら、五千万円ずつに分けて、目立たない、布製の黒っぽいボストンバッグに詰めておくんだ。十二時までに、必ず準備しておけ」

犯人が、命令した。

「一億円を支払ったら、健一君は、無事に解放してくれるんだろうね？　その約束は、できるんだろうな？」

飯沼が、念を押した。

「もちろん、すぐに解放する。俺だって、できることなら、五歳の子供の命なんて、奪いたくないんだ。じゃあ、明日の十二時に、もう一度、電話するからな」

といって、犯人は、電話を切った。

夜になると、小暮首相は、明日からの公務のため、東京に帰っていった。もちろん、厳重な警備をつけてである。

飯沼首席秘書官と、首相の娘の綾子、そして、孫の健介は、別荘に残ることになった。

飯沼首席秘書官は、明日、犯人がかけてくる電話に、応対しなくてはならないし、娘の綾子と孫の健介を、犯人が誘拐する恐れがある。

それを考えると、東京に戻るよりも、箱根の別荘に残っていたほうが、警護しやすかったからである。

十津川たちも、箱根の別荘に残った。

翌日の月曜日になると、飯沼首席秘書官が手配したと見えて、午前十一時には、銀行から、一億円の現金が、別荘に運ばれてきた。

それと、犯人が指定した、布製の黒っぽいボストンバッグも、二つ用意された。

その二つのボストンバッグに、五千万円ずつを、詰め込む。

その作業を見守りながら、飯沼が、十津川に向かって、

「誘拐事件というのは、身代金の受け渡しの時が、犯人逮捕のチャンスだと聞きます

が、それは本当ですか？」

「その通りです。犯人と接触できる、唯一《ゆいいつ》の機会ですからね。われわれも、そのチャンスに、犯人を逮捕しようと思っているし、また、犯人のほうも、現金を受け取る時が、いちばん危険な時だと、覚悟している筈《はず》です」

十津川が、いった。

「絶対に、そのチャンスに、犯人を逮捕して欲しい。こんな犯人は、許せませんよ。何しろ、五歳の幼児を誘拐して、身代金を要求してくるような、卑劣《ひれつ》な犯人ですからね。何としてでも逮捕して、総理のお孫さんを、無事に救い出して欲しい」

飯沼は、きつい口調でいった。

「もちろん、そのつもりです」

十津川は、短くいった。

十二時ちょうどに、また犯人から電話がかかった。

(何とも几帳面《きちょうめん》な犯人だ)

と、十津川は思った。

「一億円は、用意できたか？」

と、犯人がきく。

「ああ、できた」

「こちらが要求した、目立たない布製の黒っぽいボストンバッグに、五千万ずつ、分けて入れたか？」

「その用意もできている。これから、どうすればいいんだ？」

飯沼が、きく。

「もちろん、俺が、その一億円を頂くが、刑事が、そこにいるんだろう？　いや、否定してもだめだ。いるのは、わかっているんだから」

と、犯人がいった。

「そちらこそ、この一億円を支払ったら、健一君は、ちゃんと、解放してくれるんだろうね？」

飯沼が、きき返した。

「もちろん、俺だって、ムダな殺生《せっしょう》は、したくない。そうだ、あんたに、その一億円を、運んでもらおうかな」

と、犯人がいった。

「私が？」

「そうだ。あんただ。いずれにしても、誰かに運んでもらわなきゃいかんからね。まさか、刑事さんに、頼むわけには、いかないじゃないか」

　電話の向こうで、犯人が笑った。

「しかし、私は首席秘書官で、絶えず総理と、連絡をとらなくてはいけないんだ」

「それなら、あんたのほかに、秘書はいないのか？」

「何人かいるが、今ここにいるのは、二人だけだ。個人秘書が二人いる」

　と、飯沼はいった。

「その二人の名前をいってくれ」

「一人は野村、もう一人は中井だ」

「ちょっと待て。今、占ってみる」

　犯人が、妙なことをいった。

「占うって何のことだ？」

「黙っていろ！」

　犯人は、強い口調でいい、すぐにまた、電話に声が戻ってきて、

「野村という個人秘書に頼もう。今、八卦《はっけ》を立ててみたら、野村という名前のほうが、信用が置けそうだ。その男に、一億円を運んでもらう」

　と、犯人はいった。

飯沼は、苦笑しながら、奥に向かって、

「野村君！」

と、大声で叫んだ。

三十歳くらいの、背の高い青年が、部屋に入ってきた。小暮首相の個人秘書である。

「今、野村秘書が、そばにいる。どう運べばいいんだ？」

と、飯沼がきいた。

「じゃあ、その野村秘書を電話に出せ」

飯沼が、野村に受話器を持たせた。野村は、緊張に青ざめながら、

「野村ですが、どうすればいいんですか？」

「君は、自分の車を、持っているか？」

「ええ、中古の車ですが、持っています」

「そこにあるんだな」

「あります。昨日から、その車で、ここに来ているんですから」

「よし、その車に一億円を積み込め。それから、君の携帯の、電話番号を教えろ。これからその携帯に、指示を与える」

と、犯人がいった。

4

十津川と亀井は、すぐ覆面《ふくめん》パトカーに乗って、別荘を出た。

別荘から国道に出る道は、一本しかない。犯人が、どういう指示を与えるにしても、野村という、個人秘書の車は、この細い道を通って、国道に出るよりほかにないのだ。

そこで、国道と繋がるところで、十津川と亀井は、車を停めて待つことにした。

七、八分して、思った通り、野村秘書の乗った日産のブルーバードが、別荘を出て、国道に入っていった。

間を置いて、十津川と亀井の覆面パトカーが、その後をつける。ほかにも一台、別の覆面パトカーが、尾行にあたった。そちらからは、野村秘書の車の位置を、常に、関係する県警や、警視庁に報告することになっている。不測の事態に備え、速やかに応援要請や検問所の設置を可能にするためである。

信号で、前を行く野村の車が停まった時、目を凝《こ》らすと、野村秘書が、携帯で話しているのがわかった。

おそらく、犯人からの指示を、受けているのだろう。

野村の車は、その後、箱根ターンパイクから、小田原方面に抜けていく。

十津川たちの覆面パトカーも、もう一台のパトカーも、その後をつけて走っていく。

野村の車は、東名の上り線に入った。入ってすぐの、海老名《えびな》サービスエリアに入っていく。

十津川の乗った覆面パトカーも、それに続いて、サービスエリアに向かった。

今日も、サービスエリアは、混み合っていた。

野村は、駐車場の一角に、自分の車を停めると、二つのボストンバッグを提《さ》げて、車から降りた。

どうやら、犯人が、ここで、一億円の身代金を受け取ると、指示してきたのか。

十津川たちも、少し離れた場所に、車を停めて、車から降りた。

二つのボストンバッグを提げた野村は、サービスエリアの中にある、中華料理の店に入っていった。

客で立て込んでいる。

十津川と亀井は、店の外から中に入った、野村を見張った。

野村は、奥のテーブルに腰を下ろすと、足元にボストンバッグを置き、店員にラーメンを注文している。ラーメンを注文することも、犯人の指示なのだろうか？

ラーメンを食べ終わると、野村はまた、二つのボストンバッグを提げて、店から出てきた。

そのまま、まっすぐ、駐車場に停めてある、自分の車に向かって歩いていく。

十津川と亀井も、急いで、自分の車に戻った。

どうやら、ここでは、様子を見るだけで、身代金の受け渡しは、行われないらしい。

野村の車が、海老名サービスエリアを出ていく。その後ろに、十津川たちも、遅れずについて走った。

野村の車が、東名高速から、首都高速に入った。途端に、渋滞で、車は、ほとんど動かなくなった。

十津川たちの車は、野村との間に他の車二台を入れて、尾行を続けた。

「これから、犯人は、どうするつもりでしょうか？　この渋滞じゃ、一億円の受け渡しだって、できないでしょう？」

と、亀井がいった。

「首都高速を、どこから、出るように指示しているのか、それがわかれば、先回り、できるんだが」

十津川が、いら立ちを見せていった。

相変わらず、車は、ノロノロとしか動かない。

そのうちに突然、野村の車が、首都高速の脇《わき》に作られている、小さな待避スペースに、入っていった。

まさか、その待避スペースで、一億円の受け渡しをするわけはない。そんなところで、受け渡しをすれば、犯人自体が、逃げ場所を失って、簡単に逮捕されてしまうからである。

そう思って、十津川たちが、見守っていると、野村が車から降り、突然、二つのボストンバッグを、首都高速の外に向かって、一つずつ、投げ落とした。

「あッ！」

亀井が、思わず声をあげた。

首都高速から、投げ落としたボストンバッグ二つを、犯人は、下で待っていて、受け取るつもりなのか？

十津川と亀井は、車から飛びおりると、その待避スペースに向かって、突進した。

「今、ボストンバッグを投げたのは、犯人の指示だったんですか？」

亀井が、野村をつかまえてきく。

「そうです。首都高速に入って、最初の待避スペースに車を入れて、そこから下に、ボストンバッグを、投げ落とせといわれたんです」

野村が、青ざめた顔でいった。

亀井が、側壁に駆け上がって下を見た。

真下に、細い路地があって、今さっき、野村秘書が、投げ落とした二つのボストンバッグは、もう消えていた。

「やられましたよ！」

亀井が、十津川に向かって、悔しそうにいった。

十津川は、もう一台の覆面パトカーに、直《ただ》ちに、この周辺に、検問所を作ってもらうよう指示した。

そして、中身の一億円を、別のボストンバッグに、詰め替える可能性もあることと、特に車で移動する人間は、すべて厳重にチェックして欲しいと、十津川は、伝えた。

5

その指示の後、十津川は、別荘に残っている飯沼首席秘書官に、電話をかけた。

「犯人から、何か連絡がありましたか？」

十津川がきくと、飯沼は、

「まだありませんが、そちらは、どうなっているんですか？」

「首都高速から、野村秘書が、犯人の指示にしたがって、一億円入りのボストンバッグ二つを投げ落としました。どうやら、それを犯人が、下で待ち構えていて、拾ったらしい。直ちに、その周辺に、検問所を設けましたから、犯人が逮捕される可能性があります」

と、十津川はいった。

「可能性ですか？」

「そうです。今のところは、それしかいえません」

十津川の指示にしたがって、首都高速の世田谷区にある用賀ランプを中心として、パトカーが配置され、検問所が設けられた。

十津川と亀井も、三軒茶屋から首都高速の外に出ると、環状八号線での検問の様子を、見守ることになった。

パトカー二十台のほかに、所轄《しょかつ》の刑事たちも動員されて、通過する車を、一台一台停めて、車内からトランクまで調べていく。

他の道路でも、複数箇所の検問所が、設けられている。

しかし、なかなか、該当する車は、見つからなかった。

午後二時近くなって、飯沼首席秘書官から、十津川の携帯に、連絡が入った。

十津川が、受けると、

「今、犯人から、電話がありましてね。一億円を受け取ったから、約束通り、人質の子供は解放すると、いってきました。母親の久保田明江さんの住むマンションの近くに、公園があるんですが、そこに、健一君を置いておくというので、すぐ母親のほうには、知らせておきました」

と、飯沼はいった。

その後すぐ、また飯沼から電話があった。

「今、久保田明江さんから、電話がありました。マンション近くの公園で、健一君が見つかったそうです。明江さんは、泣いていましたよ。これでいくらか、ホッとしましたが、後は、十津川さんの力で、何とか犯人を逮捕してください。お願いします」

6

十津川も、人質が解放されたことに、一応、ホッとした。

しかし、検問のほうからは、一向に成果が上がってこない。

野村秘書が、待避スペースから、二つのボストンバッグを投げ落とした。それから、少なくとも十分以内に、周辺に検問態勢が敷かれたはずなのである。

それなのに、どうして、犯人の車が、見つからないのだろうか？

まさか、犯人は、二つのボストンバッグを手に提げて、歩いて逃げたわけではないだろう。そんなことをすれば、かえって怪しまれる。

だから、車を使ったとしか、考えられないのだが、一向に該当する車が、見つからないのだ。

「あの場所に、行ってみようじゃないか」

十津川が、亀井にいった。

二人は、車から降りると、首都高速の下まで、歩いていった。

見上げると、頭上に、首都高速が走っている。

そして、膨らんだところが、問題の待避スペースなのだ。

あの上から、野村秘書は、二つのボストンバッグを投げ落とし、亀井が、側壁に駆け上がって、見下ろした時には、もうなくなっていた。

ということは、犯人は、ここで待ち構えていて、投げ落とされた二つのボストンバッグをつかみ、停めておいた車に乗って、逃げたに違いないのだ。

ところが、その車が、なかなかつかまらない。

（犯人は、人質の五歳の男の子を、解放している。つまり、犯人は、本当に一億円を

手に入れたことになる。そうでなければ、人質を解放はしないだろう）

と、十津川は考え、首を傾《かし》げてしまった。

「犯人は、もうすでに、安全なところに逃げていて、その手に、一億円入りのボストンバッグを、持っているということですか？」

亀井が、きく。

「そうとしか、考えられないのだが、どうも、腑《ふ》に落ちないな」

十津川は、いった。

念のために、十津川は、ボストンバッグが投げ落とされた場所の周辺を、亀井と二人で、丁寧に歩いてみた。

ひょっとして、犯人は、この近くに一時的に、一億円入りのボストンバッグを隠しておいて、後で取りに来るつもりかも知れないと、思ったからである。

そうやって、周辺を探していると、急に、亀井が、

「ありましたよ！」

と、大声をあげた。

投下場所から、十二、三メートル離れたところに電柱があって、その後ろに、空《から》になった、例のボストンバッグが二つ、しわくちゃになって、無造作に放り出されてい

たのである。

間違いなく、黒っぽい布製の、あのボストンバッグだった。

十津川は、その二つの、空になって軽くなったボストンバッグを、手につかんだ。

犯人は、ここで、一億円を、詰め替えたのだろうか？　そして、逃げた。

そうとしか考えられないのだが、それにしても、どうして、検問で引っかからなかったのだろうか？

「どうして、犯人は、こんなところで、一億円もの札束を、詰め替えたんでしょうか？　確かに、この通りは、細くて狭くて、人通りはあまりありませんが、もし目撃されたら、そんな大胆なことをしていたら、目立って仕方がありませんよ」

亀井が、いった。

「しかし、犯人は、間違いなく、ここで詰め替えたんだ」

十津川がいう。

十津川は、その狭い通りを、見回した。とにかく、もし、ここで詰め替えたのなら、まさか、歩いて持って帰るはずはないから、ここから、車で運んだのだ。

「この道は、どこに出るのか、それを調べてみよう」

と、十津川がいった。

二人は、もう一度、パトカーに乗り、まず、東に向かって走ってみた。五十メートルほども行くと、すぐ大通りになっていて、そこには、パトカーが三台、停まっていて、検問が続いていた。

今度は、反対側に向かって走ってみる。と、そこも、二十メートルも行かないうちに、大通りになっていて、そこにも、検問所が、設けられていた。

「犯人は、この辺に住んでいるのかも知れませんよ」

亀井が、考えながらいった。

「なるほど。犯人はこの辺に住んでいて、近くの首都高速から、一億円入りのボストンバッグ二つを、投げ落とさせた。そして、それを持って、自分の家に隠してしまう」

と、十津川はいってから、

「しかし、そう考えると、おかしなことが出てくる。もし、そうならば、二つのボストンバッグを持ったまま、自分の家に、逃げ込んでしまえばいいんだ。それなのに、どうして、あの電柱のところで、詰め替えたりしたんだろうか？」

「そうですね。確かに、おかしくなってきますね」

「一億円は、重さにすると、十キロぐらいかな？」

「そうですね。約十キロです」

「犯人は、どうして、それを二つにわけさせたんだろう？　一億円なら、一つのボストンバッグにだって、入る量だし、十分に一人で持てる重さだよ。それをわざわざ二つにわけさせて、今度は拾い上げたボストンバッグから別の何かに詰め替えている。どうして、そんな面倒なことをしたのか？　私には、その辺が、よくわからないな」

十津川は、また首をひねった。

夜になっても、検問は続けられた。犯人は、ひょっとして、検問が終わってから、逃げるつもりでいるのかも知れなかったからである。

しかし、夜の検問でも、該当する車は、つかまらなかった。

朝になった。

今度は、犯人が、まだ検問の輪の中に入っている、そこから動かずにいるのではないか、そう考えて、新しく刑事たちが動員され、その輪の中を、しらみつぶしに、調べていくことになった。

もし、その中に、犯人がひそんでいれば、逮捕できることになる。

十津川は、それを期待したのだが、丸一日かかっても、犯人は、捕まらなかった。

この事件は、新聞には載らなかったし、テレビも報道しなかった。

普通、誘拐事件は、人質の無事が確認されれば、報道されるのだが、今回に限っては、官邸がマスコミを、抑えてしまった形になった。

首相の孫、しかし、愛人の娘が、生んだ孫である。その子供の存在が、マスコミで報道されれば、また、首相が批判されることになるだろう。

そう思って、官邸は、この事件を、抑えてしまったのである。

警察も、それに協力することになったが、もちろん、犯人の逮捕については、制約は設けられなかった。

十津川たちは、全力をあげて、捜査を続けたが、相変わらず、犯人には行き当たらなかった。

一週間経《た》った。

そこで、意外な事件が、また発生した。

今度も、例のNチャンネルに、現代の坂本龍馬のネームで、次のようなメッセージが、載ったのである。

〈これは、新聞もテレビも報道していないが、小暮首相の周辺で、一つの興味ある事件が起きた、そういうウワサがあるのだ。

このようなウワサである。

小暮首相には、隠し子の女性がいる。彼女には、子供がいる。つまり、小暮首相の孫に当たる。名前は、健一、五歳である。

一方、首相の正妻の娘にも子供がいて、その男の子も、五歳で、名前は健介。

どちらも、小暮首相の名前、健太郎から、一字を取って、つけられたと思われる。

その健一が誘拐され、犯人は、五歳の孫の命と引き替えに、潔《いさぎよ》く首相を辞めて、一民間人に戻りたまえ、そういう要求をした。

ところが、総理大臣は、総理の座を失いたくないので、その犯人の要求を、蹴《け》ったというのである。

つまり、隠し子の生んだ五歳の孫の命など、どうでもいい、どうやら、小暮首相は、そう思ったらしい。

いくらでも、金は払うから、その代わり、首相をやめるわけにはいかない、といったのだそうである。

そういうウワサである。このウワサは、本当だという人が多い。

ある政治評論家は、こう言っている。

小暮首相が冷酷な人だということは、前々から、わかっていたが、もし、そういう事件があって、犯人の要求をはねつけたことになれば、ますますもって、首相の冷酷さが、浮かび上がってくる。

子供の命を助けるために、首相の椅子《いす》を投げ出した。もし、そうならば、私は、小暮首相は立派な人である。そういって、誉《ほ》めてあげたい。

しかし、総理の椅子に、しがみついていたいばかりに、五歳の男の子の命、それも、自分の孫に当たる男の子の命を、助けようとしなかった。これが事実ならば、私は小暮首相を許すことができないし、首相として失格である。

これが首相のことを、よく知る政治評論家の言葉である〉

ずいぶん長い、メッセージだった。

このメッセージは、十津川に衝撃を与えた。

「やられたよ」

十津川は、亀井にいった。

「最初から、犯人は、このメッセージを、載せるつもりだったんだ。犯人は、飯沼首席秘書官との電話でのやり取りを、録音していたんじゃないのかな。そしていつか、そのやり取りを、どこかに、発表するかも知れない」

「犯人は、そんなことまで、するでしょうか？」

亀井が、いった。

「私は、すると思うね。むしろ、犯人は、最初から、そのつもりだったんだ。総理のイメージダウンを企《はか》ってね。その上、一億円もの身代金を、手に入れている。とにかく、ずる賢いヤツなんだよ」

十津川は、いまいましげにいった。

「しかし、どうして、一億円も、犯人も、見つからないんでしょうか？　あの警戒網の外に、車で逃げ出すことは、不可能だと思いますが」

「その通りだ」

「まだ犯人は、あの輪の中にいるんでしょうか？」

「いや、もう逃げたと、私は思っている。あの輪の中は、しらみつぶしに、調べたからね。あの中にいれば、もうとっくに、捕まっているだろうし、逃げてしまったからこそ、犯人は、人質を返したんだ」

と、十津川はいった。

「しかし、おかしいですよ。あの待避スペースの真下から半径三キロの円内に、厳しい検問所を、置いたわけですからね。その検問を突破するなんて、まず不可能ですよ。

時間的にも不可能だと、私は思います。どうして、その円内から、犯人は逃げてしまったんでしょうか？　まさか、犯人が、空中を飛んだわけではないでしょう。それに、地下鉄で移動すれば、人目につくはずですから、車以外に、逃げる方法はないんです」

と、亀井がいった。

「確かに、その通りだが、それでも、犯人は、逃げたんだよ」

悔しそうに、十津川がいった。

7

その翌日、十津川は、亀井を誘って、もう一度、首都高速の、ボストンバッグが投げ落とされた場所に行ってみた。

例の電柱のところに行って、

「もう一度、この周辺を探してみよう」

と、十津川がいうと、亀井は、変な顔をして、

「あれから、もう一週間経っています。今から調べたって、この周辺に、犯人がいるわけはありませんよ」

「犯人の痕跡《こんせき》か何かが、残っているかも知れないと思ってね」

十津川が、いった。

十津川は自信があって、その言葉を口にしたわけではなかった。

第一、犯人の痕跡といっても、それが何なのか、彼自身にも、わかっていなかったのである。

十津川は、周辺のマンションや、家に住む人たちに当たって、一人一人にきいてみた。

「先週の月曜日の午後、何かこの周辺で、おかしなことは、ありませんでしたか？」

そういって、きいて回ったのである。

ほとんどの答えは、何も見ていない、というものだった。

しかし、近くに住む受験生の青年が、こんな話をしてくれた。

その青年は、マンションの二階に住んでいて、あの時間、受験勉強をしていたのだが、それに飽きて、窓の外に目をやると、こんな光景が、見えたという。

「あの電柱のそばで、サングラスをかけた男の人が、ボストンバッグを二つ持って、その中身をゴミ袋に、詰め替えていたんですよ。おかしなことをするなあと思って、見ていたんですが」

と、いうのだ。

その証言に、十津川は飛びついていった。

「その男ですが、顔を見ていますか？」

「いや、顔はわかりません。何しろ、遠いし、サングラスをかけていたうえ、帽子をかぶっていましたからね。格好はジャンパー姿で、スニーカーを履《は》いていましたよ。ボストンバッグから、何かを、ゴミ袋に、詰め替えていたんですけど、それが終わると、今度は、空になったボストンバッグを、あの電柱の後ろに隠して、そのゴミ袋を持って、そのそばの、そこにあるでしょう、そのゴミ置き場に持っていって、捨てたんですよ」

と、受験生は、ゴミ置き場を指さして、いった。

そのゴミ置き場は、かなりの広さで、今日も、さまざまなゴミ袋が、重ねて置いてあるのが見える。

「ここに、その男は、ゴミ袋を捨てたんですね」

十津川がきくと、

「そうですよ。そこにゴミ袋を捨てたんです。何であんなことをするのかわかりませんでしたが、どうなってるんですかね？」

その受験生も、首を傾《かし》げている。

「その中身ですが、この部屋から見ていて、何だか、わかりましたか？」

亀井が、きいた。

「おそらく、紙くずだと、思いますよ。そんな感じで、男は、入れ替えて、捨てていましたから」

「紙くず？」

「そうですよ。やたらに、無造作に、詰め替えていましたからね。しかし、どうして、わざわざ、ゴミ袋に詰め替えて、捨てたんでしょうか？　もし、捨てる気ならば、最初からゴミ袋に入れてくればいいのに。わざわざ、ボストンバッグに詰めて持ってくるなんて、おかしいですよね。電柱の後ろに隠したボストンバッグは、後で拾いに来るんだと思っていたんですが、案の定、もうなくなっていました。誰かが、持っていったのかな」

受験生が、首を傾げる。

十津川は、苦笑した。その二つのボストンバッグを持っていったのは、自分たちだったからである。

十津川と亀井は、受験生の部屋を出て、ゴミ置き場に向かった。

「犯人は、いったん、ゴミ袋に入れ替えて、一億円を、このゴミ置き場に、置いておいたんですよ。ゴミだと思うから、誰も拾わない。それで、翌日になって、犯人は、一億円の入ったゴミ袋を、拾いに来たんじゃありませんか？」

亀井が、きつい顔でいった。

「どうも、その推理は、当っていないような気がするね」

と、十津川がいった。

「どうしてですか？　われわれの注意をそらす、うまい方法じゃ、ありませんか？　誰だって、犯人が、わざわざゴミ袋に詰め替えて、無造作にゴミ置き場に、置いておくなんてことは、考えませんから」

と、亀井がいう。

「しかしだね、カメさんのいうように、ゴミ袋に入れ替えて、いったんゴミ置き場に置いておいて、後から取りに来るとしてもだよ、取りに来るには、車を利用するよりほかにないんだ。一億円の入った大きなゴミ袋を持って、てくてく歩いていれば、怪しまれるに決っているからね。もし、車で取りに来て、運んだとすれば、検問に引っかかっているはずだ。しかし、検問所にいた警察官からは、そんな車が通ったことは、報告されていないんだ」

「ゴミ袋だから、知らずに通したんじゃないですか？」

「いや、それは絶対にない。ゴミ袋なら、余計におかしいと思う筈《はず》だ」

と、十津川はいった。

問題のゴミ置き場にあったゴミは、翌朝午前九時頃、ゴミ収集のトラックで、運ばれていったという。

そのトラックの行先も調べられた。

問題のゴミ置き場から、翌朝集められたゴミは、五キロほど離れた焼却場に運ばれて、すべて焼却されるという。

トラックの運転手にも、話をきいてみた。

「間違いなく、あのゴミ置き場から、ゴミを全部集めて、焼却場に運びました。確か、紙くずだけが入ったゴミ袋が、ありましたよ。軽かったから」

と、その運転手はいった。

「軽かった？　本当に軽かったんですか？」

「ええ、軽かったですよ」

「十キロほどの重さは、ありませんでしたか？」

十津川がきくと、運転手は笑って、

「とてもそんな重さでは、なかったですね。ゴミ袋は、片手で軽く運べるぐらいの重さでしたから、間違いなく、あれは紙くずだけですよ」

と、運転手がいった。

(何かが、おかしい)

と、十津川は思った。

ただ一つ、わかっているのは、犯人にしてやられた、ということである。

(簡単なことを、見落としているのかも知れない)

と、十津川は思った。

しかし、その見落としていることが、いったい何なのかが、十津川には、わからないのだ。

第六章　新たな野望

1

　十津川は、飯沼首席秘書官に、電話をかけて、

「あの日に一億円を運んだ、個人秘書の野村秀夫《ひでお》さんに会いたいのですが、今、どちらにいらっしゃいますか？」

　と、きいた。

「野村君ですが、彼は秘書を辞めて、郷里に帰りましたよ」

　飯沼が、いった。

「帰った？　どうして、郷里に帰ったんですか？」

「もちろん、今度の誘拐事件で、自分が運んだ一億円を、みすみす、犯人に奪われてしまった。それが申し訳ないといって、秘書を辞めて、郷里に帰ったんです。今日、

挨拶に来ましたが、げっそりと痩《や》せていましたね。彼の責任じゃないのに」

「野村さんの郷里は、どこですか？」

「確か、四国の高知県だったように思いますが」

電話の向こうで、飯沼が、いう。

「もう少し、詳しい住所がわかりませんかね？ 高知県のどこですか？」

十津川が、きいた。

「どうしてですか。十津川さんは、野村君に会って、不手際《ふてぎわ》を責めるというんですか？ 彼は、自責の念から、総理の個人秘書を辞めて、郷里に帰ったんですよ。それでいいじゃありませんか？ もうこれ以上、彼を責めないでやってくれませんか？」

飯沼が、文句をいった。

「正直にいいましょう。われわれは、今回の誘拐事件について、野村秘書に、疑いを持っています。ですから、もう一度、野村さんに会いたいと、思っているんですよ」

「彼を疑っているんですか？」

「その通りです」

「理由は？」

飯沼が、きく。明らかに、腹を立てている口調だった。

「理由は、後で詳しく申し上げますが、今は、どうしても、野村さんに連絡を取りたいんです。ですから、正確な住所と、できれば、電話番号を教えてもらえませんか？」

と、十津川は、いった。

「ちょっと、待ってください」

飯沼はいい。何か調べているようだったが、

「野村君の郷里は、高知県の中村です」

「中村というと、小京都と呼ばれている？」

「そうです。それから、電話番号は」

といって、飯沼は、野村の郷里の電話番号を、教えてくれた。

十津川はすぐ、その番号にかけてみた。

「野村でございます」

という、女性の声がきこえた。

「警視庁の十津川と申しますが、野村秀夫さんのお母さんですか？」

「ええ、母でございますが？」

「そちらに、息子さんの秀夫さんは、帰っていますか？」

「いいえ、帰っておりませんが」

相手が、戸惑いの口調で答える。

「実は、今日、そちらに、秀夫さんは帰るはずなんですよ。秀夫さんの上司の、飯沼首席秘書官の話では、昼までに挨拶を済ませていて、飛行機で戻るといっていましたから、とうに、着いている筈なんですが、まだ帰っていませんか？」

「ええ、まだ帰っておりません」

「今日、そちらに帰るという連絡は、ありましたか？」

「いいえ。秀夫が何か、不始末をしでかして、小暮総理のところを、クビにでもなったんでしょうか？」

「そうではありませんが、本当に、まだ帰っていないのですね？」

「ええ、まだ帰っておりません。それで、何かあったんでしょうか？」

電話の向こうで、母親が、心配そうに、くり返す。

「いや、帰っていないのなら、それで結構です。もし、帰ってきたら、すぐこちらに電話をくださいませんか？」

十津川は、自分の携帯電話の番号を教えた。

電話を切ってから、十津川は、亀井を見て、

「やはり、野村秘書は、郷里に帰っていないよ」

「そうなると、今、彼は、どこにいるんでしょうか？」

「どこにいるのかは、わからないが、多分、彼は、逃げたんだ」

十津川は、決めつけるように、いった。

十津川は、亀井と二人で、飯沼首席秘書官を訪ねた。

「野村さんは、郷里の中村には、帰っていませんでした。おそらく、これからも帰らないと思いますね」

十津川は、飯沼に向かって、いった。

飯沼は、眉を寄せてから、

「私には、郷里に帰るといったんですよ。きっと、誰か、東京にいる友人か何かに会ってから、帰るんじゃないですか？　私は、そう考えていますがね」

と、楽観的な口調で、いった。

「しかし、野村さんの母親は、息子さんから、郷里に帰るということは、何もきいていない。そういっていましたけどね」

「おかしいな」

「われわれは、おかしいというよりも、やっぱりという気持ちです」

十津川は、まっすぐ飯沼を見つめて、いった。

「何が、やっぱりなんですか？」

「今回の誘拐事件の犯人の一人は、個人秘書の野村さんだ。それが、われわれの結論です」

「そんなバカなことは、ありえませんよ。野村君は、とても優秀な男で、五年間立派に、総理の個人秘書を務め上げてきたんです。小暮総理が、総理になる前からの秘書ですよ。それを、どうして、誘拐犯人の一人だなんていうんですか？」

飯沼は、とまどいと、怒りを見せて、十津川に食ってかかった。

「今回の誘拐事件は、どう考えても、最初から仕組まれていたものなんです。そうでなければ、犯人が、あんなふうに、手際よく、身代金の一億円を手に入れられるはずがありません」

「仕組まれていたというのは、どういうことですか？」

「まず、犯人は、久保田明江さんの五歳の息子、健一君を誘拐しました。総理のお孫さんですよ。そうしておいて、犯人は、箱根の別荘にいる総理に、電話をかけてきました。そして、身代金を要求したんですよ。それには、首席秘書官のあなたが、応対した」

「十津川さんもご覧の通りですよ。私が、応対した。それがどうして、あの真面目《まじめ》な野村君が、誘拐事件の犯人の一人だなんてことに、なるんですか」

「いや、彼こそ、今回の誘拐事件の、犯人の一人なんです。いいですか、よく考えてみてください。犯人は、一億円の現金を用意させ、それを、布製の、どこでも売っている黒っぽいボストンバッグ二つに、詰めさせたんです。そして、まず、首席秘書官のあなたに、車で、その金を持ってくるようにいった。しかし、あなたは断った。それは、当然ですよね。あなたは首席秘書官だ。だから、総理のそばを離れるわけにはいきません。だから、断った。犯人は、あなたが断ることを予期して、あなたを指名したんですよ。

　あなたが断ると、今度は、犯人は、何人かいる、個人秘書の一人に持ってこさせるから、名前をいえといいました。それで、あなたは、個人秘書二人の名前を並べた。その中には、もちろん、野村さんも入っていた。犯人は、自分は八卦《はっけ》に詳しいからといって、それらしくふるまってから、野村秀夫さんを指名したんです。その後の行動も、よく考えてみてください。野村さんは、自分の車に一億円の現金を積んで、犯人の指示通りに、東名高速を東京に向かいました。それを、われわれがつけていると、次の、海老名《えびな》サービスエリアで車を停め、二つのボストンバッグを提《さ》げて、サービスエリアの中に入っていった。われわれは、サービスエリアの中で、取り引きが行われるものと考え、それを監視するために、サービスエリアの中に、入っていったんです。そうすると、野村さんは、中華料理の店に入り、ラーメンを注文した。一億円の入った、二つの布製のボストンバッグは、テーブルの下に置いてありました。私たちは、そうやって、野村さんが犯人からの指示を待っている、そう思っていたんですよ。しかし、ラーメンを食べ終わっても、犯人からの連絡らしいものは、ありませんでした。

野村さんは、また、二つのボストンバッグを提げて、自分の車に戻りました。われわれは、犯人は、ここでは取り引きはせず、この先で取り引きをする、そう考えてしまったんです。そしてまた、野村さんの運転する車の尾行が始まりました。野村さんの車は、今度は、首都高速に入った。首都高速は、相変わらず、渋滞していました。しばらくすると、突然、野村さんは、待避スペースに車を入れると、そこから下に向かって、二つのボストンバッグを投げ落としたんです。われわれは、すぐに車を停め、車から飛び降り、待避スペースに駆け込みました。そして、下を見ました。しかしもう、投げ落とされたボストンバッグ二つは、消えてしまっていました」

「それは、犯人が、その下の道路で待ち構えていて、野村君に、一億円の入ったボストンバッグをそこから投げ落とせと指示したからじゃありませんか？　野村君は、ただ単に、その指示に従っただけなんです。人質がいるんだから、当然のことだと思いますがね。そのどこが、おかしいんですか？」

　飯沼が、非難するように、十津川を見た。

「われわれも、最初は、そう考えました。それで、急遽《きゅうきょ》、その周辺に検問所を設けたんです。犯人は、一億円の入ったボストンバッグ二つを、歩いて持ち去るわけはない。きっと、車を使って逃げるだろう、そう思って、検問所を設けたのですが、その検問には、とうとう、犯人の車は、引っかかりませんでした。犯人は、まんまと、逃げ切ったんですよ、身代金の一億円を手に入れて」

「しかし、それは別に、野村君の責任ではないでしょう。むしろ、尾行に失敗した、あなた方、警察の責任ではないんですか？」

　飯沼が、反論した。

「その通りです。われわれは、犯人の手がかりを求め、ボストンバッグを投げ落とした首都高速の直下の、道路周辺のきき込みを始めたのです。その結果、あることがわかりました。犯行の目撃者が、現れたんですよ。その目撃者は、こういいました。サングラスをかけた男がいて、二つのボストンバッグから、何かをゴミ袋に詰め替えていた。ゴミ袋は、たちまち、大きく膨らみ、男は、そのゴミ袋を、近くのゴミ集積所に運んでいって捨てた、そういうんですよ。そして、そのゴミ袋は、翌日、ゴミ収集車が運んで行き、燃やされてしまいました」

「不思議ですね。犯人は、なぜ、そんなことをしたんですかね？　一億円は、ボストンバッグに入れたまま、持ち去ればいいじゃないですか？　それなのに、どうして、犯人らしい男は、わざわざゴミ袋に詰め替えて、しかも、そのゴミ袋を、ゴミ集積所に運んでいって、捨てたりしたんでしょうか？」

飯沼は、わからないというように小さく首を振った。

彼には、事態が、まだよく飲み込めないらしい。

「そうです。われわれも、犯人の行動が不自然だと思いました。なぜ、そんなことをするのか？　そんなことをする必要が、どこにあるのか？　また、そんなことをして、なぜ、逃げおおせたのか？　そんな小細工をしても、普通は、逃げおおせることは、できないんですよ。何しろ、しっかりと、検問がしかれていましたからね」

と、十津川は、いった。

2

「この先は、われわれの推理です。犯人が、野村さんを指名して、野村さんは、自分の車に、一億円入りのボストンバッグ二つを積んで、箱根の別荘を、出発しました。

今、われわれは、野村さんが、犯人の一味であると、考えますから、この行動には犯人の仕掛けたワナがあった。そう思っています」

「ワナというのは、何ですか？」

と、飯沼が、きく。

「一億円を入れた二つのボストンバッグは、野村さんが、用意したそうですね。野村さんは、前もって、まったく同じ、黒い布製の、紙くずが入った、ボストンバッグを二つ、車に隠していたんですよ。どこに置いてあったのかは、わかりませんが、たぶん、後部シートの下あたりでしょう。そして、野村さんは、一億円入りの同じ型のボストンバッグ二つを持って、車で出発したんです。そして、海老名サービスエリアに着いた。野村さんは、あらかじめ用意しておいた、紙くずが入った、同じ色で、同じ形の、ボストンバッグ二つを手に提げて、車を降りて、サービスエリアの中に入っていった。二台の覆面パトカーに乗っていた、われわれも、サービスエリアの中で、取り引きが行われると思って、車を降りて、サービスエリアの中に、野村さんを追いかけていったんです。

しかし、その時、野村さんが降りた車のほうに、一億円入りのボストンバッグ二つが、置いてあったんですよ。犯人は、それをまんまと手に入れて、車で逃走してしまった。ですから、その後の野村さんの行動は、われわれに対する、いわば、だましなんですよ。首都高速に入って、待避スペースから、真下の道路に、一億円入りのボストンバッグ二つを投げ落としたと、見せかけた。しかし、その二つのボストンバッグは、前もって用意されていた、ダミーのボストンバッグだったんです。われわれは、それにまんまと騙《だま》されて、検問所を設けたり、ゴミ袋を追ったりしていたんです。その時にはもう、身代金の一億円は、犯人に奪われてしまっていたんです。このマジックは、野村さんが犯人の一人でなければ、絶対に、成立しないトリックなんです。そして、彼が犯人の一人で、まんまと、このトリックを成功させたからこそ、一億円の身代金が、犯人たちの手に、渡ってしまったんですよ。

　われわれ警察は、試行錯誤しているうちに、野村さんが犯人の一人だという考えにたどりつきました。それに、総理のスケジュールの件も、ありますからね。野村さんは、警察が気がつくのを予期して、誘拐事件の責めを負う形で、小暮総理の個人秘書を辞め、姿を消したんですよ。あなたには、郷里の高知に帰るといったそうですが、それは、当てになりませんね。郷里の中村には、絶対に、帰らないでしょう」

　十津川が、いった。

「じゃあ、今、野村君はどこにいると、警察は、考えているんですか？」

「それは、わかりませんが、あの誘拐事件は、野村さん一人では、絶対にできないことですからね。今頃はたぶん、仲間のところにでも、行っているんじゃないでしょうか？」

「犯人は、何人いるんですか？　それは、わかっているんですか？」

飯沼が、険しい表情で、きいた。

「正確な人数は、まだ、わかっていません。しかし、二人以上であることは、間違いありません」

と、十津川は、いってから、

「野村さんが住んでいたマンションの住所を、教えていただけませんか？　これから行って、調べてみたいのです」

と、つけ加えた。

3

十津川は、亀井と、麹町《こうじまち》にあるマンションに向かった。

七階建てのマンションで、ここならば、首相官邸にも議員会館にも、遠くはない。

その502号室が、野村個人秘書が借りていた部屋だった。

２ＤＫの普通の部屋で、部屋代は、一カ月十八万円。高くもなく、安くもないといったところだろう。

管理人の話では、このマンションに、野村秀夫は、五年間いたという。つまり、小暮の個人秘書になってから、五年間、このマンションに住んでいたことになる。

その間に、小暮は、総理大臣になった。

管理人にドアを開けてもらって、二人は、中に入った。

最初は、殺風景な部屋だと思った。これといった遊び道具、たとえば、ギターなどの楽器はなかったし、絵の道具があるわけでもなかった。

ただ、現代の、若き政治家秘書らしく、パソコンやデジカメ、それにコピー機は、ちゃんとしたものが、揃《そろ》って並んでいた。

本棚には、政治関係の本、あるいは、世界の社会情勢を書いた本が、ズラリと並んでいる。

そのほか、明治維新について書いた本が並んでいるところを見ると、野村は、明治維新に、憧《あこが》れていたのかも知れない。

「やっぱり、ありますよ」

と、いって、その中から、亀井が、一冊の本を取り出して、十津川に見せた。

その本のタイトルは、『坂本龍馬と明治維新』というものだった。

ページを、くってみると、ところどころに赤線が引いてある。野村は、この本を何度も読み返して、感動していたのかも知れない。

十津川が、なおも本棚を見ている時、西本刑事から、十津川の携帯に、電話がかかった。

「またNチャンネルに、例のメッセージが載りましたよ」

と、西本が、いった。

十津川と亀井は、すぐ、捜査本部に戻った。

西本が、二人に、パソコンに載ったメッセージを印刷したものを示した。

発信人は、やはり現代の坂本龍馬になっている。

〈われわれは、本日、ここに現代の海援隊を組織したことを、発表する。

一　海援隊の目的は、日本を、丸ごと洗濯することである。洗濯にあたっては、断固たる決意で臨み、容赦することは、許されない。

二　志ある者は、誰でも隊に入ることができる。よって、われわれの海援隊に多数の若者が、参加することを希望する。

三　隊の中のことは、隊長が決め、隊員は、それに従う。
四　およそ、隊員は、お互いに助け合って、海援隊の目的のために、邁進《まいしん》しなくてはならない。
五　隊のすべての収入を、私《わたくし》してはならない。隊のため、日本のために、使うべきものである〉

これが、そのメッセージの全文だった。

十津川が、暗い表情で、

「犯人は、一億円の資金を手に入れたんだ。その資金を使って、日本を洗濯するために、今度、海援隊を組織したんだろう」

「海援隊というと、坂本龍馬が、亀山社中《かめやましゃちゅう》に続いて作った組織じゃありませんか？」

西本が、十津川に、きく。

「そうだ。坂本龍馬は、明治維新を達成するため、自分たちの組織、海援隊を作った。坂本龍馬と一緒に殺された、中岡慎太郎のほうは、陸援隊を作っている。そして、この後、坂本龍馬は、あの有名な船中八策を作るんだ」

と、十津川が、いった。

「このメッセージには、海援隊ができたということを発表してから、若者を募集していますね。犯人は、一億円の金を手にして組織を作り、そして、隊員を募集しているわけですかね」

亀井が、いった。

「いや、もう隊員は、集まっているんじゃないか、私は、そう思うね。小暮首相を暗殺する方法を、Nチャンネルで、募集したときも、首相の孫に当たる、五歳の男の子を誘拐するという、卑劣な方法を取ったんだ。犯人は、首相の孫に当たる、五歳の男の子を誘拐するという、卑劣な方法を取ったんだ。私は、犯人が、首相を暗殺する方法を思いつかなくて、仕方なく、首相の孫を誘拐したとは、思わない。犯人は、最初から、首相の孫、五歳の男の子、健一君を誘拐する考えだったんだ。そのために、首相の個人秘書、野村秀夫を仲間に引き入れたのか、あるいは、最初から仲間だったか、それはわからないがね」

「もしかすると、総理秘書の野村秀夫が、リーダーなのかも知れないですよ。そうであっても、おかしくありませんからね」

と、亀井が、いった。

次の捜査会議では、当然、このメッセージのことが問題になり、同時に、これまでの事件の総括も、行われた。

まず、十津川が、捜査本部長の三上に向かって、自分の考えを口にした。

「犯人は、現代の坂本龍馬を、自称しています。まず、坂本龍馬に倣《なら》って、日本を洗濯すると称し、大企業の社長を殺しました。次に、日本人の精神をダメにしたという理由で、ある漫画家を殺してしまったのです。そして、さらに、不倫関係にある、風俗営業関係の、二人の男女を殺しました。四人の人間を、殺害しましたが、しかし、このままでは、坂本龍馬のようには、大活躍はできません。個人でいくら動き回っても、彼の考えるような日本の洗濯もできないし、平成維新もできないのです。

それで、彼は、何を考えたか。彼は坂本龍馬の狂信的な信奉者ですから、今度は、坂本龍馬が作った海援隊を自分も組織したい、そう思ったに違いないのです。しかし、海援隊を作るには、資金が要《い》ります。それで、この犯人は、その資金を作ろうとした。そうして、考えたのが、小暮首相の孫の誘拐です。小暮首相には、若い時に愛し合った女性がいて、その女性の娘が、五歳の男の子の母親になっている。このことは、小暮首相について詳しい人なら、誰でも、知っています。そして、小暮首相は、別れた女性の娘とその子供、つまり、首相にとっては孫に当たる子供に対しては、冷たいのではないかと、いわれているわけです。

それを利用して、犯人は、首相の孫、健一を誘拐しました。この誘拐に、犯人は二つのトリックを使いました。一つは、Ｎチャンネルに載せたメッセージです。彼は、そこに、日本を洗濯するためには、どうしても、現在の小暮首相を排除しなければならない。どうすれば、小暮首相を排除することができるかといって、Ｎチャンネルで、その方法を募集したんですよ。そして、いろいろな案が出てきて、それが、スレッドに載りました。われわれは当然、そのメッセージを見て、犯人が、どこかで、小暮首相を襲うのではないか、狙撃するのではないか、そんなふうに、考えてしまったのです。それともう一つ、犯人は、小暮首相の個人秘書である野村秀夫に手を伸ばして、仲間に引き入れました。あるいは、野村秀夫が主犯であって、ほかの人間が共犯者であることも、考えられます。

いずれにせよ、首相のスケジュールを把握することは可能で、あんなにうまく、今回の誘拐事件は、成功したんです。犯人は、一億円の現金を手に入れました。そして、現代の海援隊を組織したと、インターネットで発表したんですよ。前にも申し上げましたが、犯人はすでに、海援隊を組織しており、その軍資金は、誘拐によって手に入れた一億円です。スレッドを見てみますと、これから隊員を募集するようなことを書いていますが、これは、まず信じられません。Ｎチャンネルの上にメッセージを載せ、現代の海援隊を募集する。そんなことをすれば、警察が黙っているわけがありません。必死になって、このメッセージを載せた、自称、現代の坂本龍馬を追いつめるに違いないからです。犯人は、一億円という大金を手に入れ、すでに、海援隊を組織しているんです。これからは、自分一人で日本の洗濯をするのではなく、海援隊という組織をもって、日本を丸ごと洗濯すると、メッセージでいっていますからね。犯人は、本気でやるつもりですよ」

　十津川は、きっぱりといった。

「それで、君は、いったい、どれくらいの人間が、現代の海援隊に集まったと思っているのかね？」

　三上が、少し青ざめた顔で、十津川に、きいた。

「正確な人数は、わかりません。しかし、一億円の軍資金ですからね。少なくとも、十人の信奉者が、この現代の海援隊に集まってきているのではないか、私は、そう見ています」

「十人というと、少しばかり、多すぎるんじゃないか？」

　三上は、不満そうに、いった。

「今の日本では、若者が、怒りをまったくといっていいほど露《あら》わにしません。六〇年安保の時などのように、若者が、立ち上がって戦おうとはしないんです。しかし、だからといって、不満がまったくないとか、現代がただただ楽しい遊びの場所だとは考えていないと思うのです。少なくとも、若者の多く、何万人かは、きっと、現在の日本の政治に腹を立て、怒っていると思いますね。ただ、一昔前の、戦闘的な若者たちのように、国会議事堂を取り巻いたりはしませんが、しかし、彼らが、内心で怒っていることは、間違いありません。現在のこの日本が、汚れているから、洗濯するという現代の坂本龍馬のメッセージに、心のどこかで賛同している若者も、多いと思いますね。

　そして、一億円の軍資金です。そうなれば、少なくとも十人の若者が、この海援隊に参加していてもおかしくはありません。何しろ、小暮首相を殺害する計画に対して、二十五人もの賛同者がいたわけですからね。その中には、女性もいました。となれば、現代の海援隊に、十人の若者が参加しても、別に、おかしくはありません。私にしてみれば、この十人という数字は、むしろ、少ないくらいです。もしかすると、現実には、もっと多いんじゃないでしょうか？」

　十津川は、脅《おど》かすように、いった。

「十津川君は、その海援隊は、具体的に、何をやると思っているのかね？」

三上が、きいた。

「メッセージで、宣言しているじゃありませんか？　海援隊を作った。そして、海援隊の目的は、日本を丸ごと洗濯することだ。そう宣言しているんですよ。彼らは、現代の政治、風俗、そのほか、産業や、スポーツなどに対しても、怒りを感じているかも知れません。だから、このメッセージは、日本を丸ごと洗濯する、そういっているんです」

「しかし、それでは、あまりにも、漠然とし過ぎているんじゃないか？　もう少し、絞れないかね。連中が、まず、何を目指しているのか。それは、たとえば、テロなのだろうか？」

「そうですね。前の三件、大企業の社長を殺し、有名な漫画家の男と、風俗営業の社長と愛人を殺したのは、自称、現代の坂本龍馬ですからね。その現代の坂本龍馬が、今度は、海援隊という組織を作ったんです。とすれば、この海援隊でも、リーダーの意志は通るはずだと、私は、見ています」

「ということは、つまり、個人に対するテロをやるということか？」

「この現代の坂本龍馬は、思考方法が単純なように見えます。ですから、政財界の大物を殺していけば、この日本も変わっていくのではないか。そんなふうに、単純に考えているのではないかと、私は、思っています。とすれば、まず、彼らがやるのは、政財界人を中心とした、個人へのテロではないでしょうか。また、海援隊を作り、一味の人数もふえたので、有名な組織を狙う、ということもあるかもしれません」

十津川が、いった。

「前に、同志を募るメッセージが載った時、Nチャンネルでその男の本名と住所を聞いて、そのメッセージを載せた男を調べたんじゃないのかね？」

と、三上が、きいた。

「木戸英介ですね。あの青年は、明らかに、ダミーですよ。確かに、あの青年のパスワードで、メッセージが載せられましたが、彼は、本当の、現代の坂本龍馬ではありません。彼の後ろに、本当の犯人がいて、彼のパスワードを使って、Nチャンネルにメッセージを載せているんですよ。ですから、彼を捕まえても、何の解決にもなりません」

と、十津川は、いった。

「しかし、その男は、君のいう本物の犯人を知っているんじゃないのか？」

「おそらく、知っているでしょうね」

「それならば、どうして、彼を逮捕、連行してきて、訊問《じんもん》しないのかね？」

三上が、腹立たしげに、いった。

「もちろん、それも考えました。しかし、あの青年は、本物の犯人、現代の坂本龍馬に心酔しきっています。いくら、われわれが怒ったり、なだめすかしたりして、訊問しても、その人間の名前も、住所も、教えないと思います。むしろ、ダミーの彼を捕まえてしまうと、本物の犯人のほうが警戒して、地下に潜ってしまい、逮捕するのが、余計に困難になってしまいます。それで、われわれは、このダミーの青年を逮捕せずに、泳がせているのです」

と、十津川は、いった。

「もう一つ、君にききたいことがある。小暮首相の個人秘書、野村秀夫という男のことだ。君は、飯沼首席秘書官に向かって、野村秀夫が、共犯者であって、だから、姿を消したと、いったそうだね？」

「飯沼首席秘書官は、そのことで、何かいっていましたか？」

「彼は、こういっていた。確かに、野村君を犯人だと考えれば、辻褄《つじつま》が合ってくる。しかし、私には、あの誠実な野村君が、誘拐犯の仲間だとは、到底《とうてい》、考えられない。警察の考えは、間違っている。飯沼さんは、そういっていたよ」

と、三上本部長が、いった。

4

捜査本部の関心は、三つに絞られた。

それは、手に入れた一億円を資金にして作られた現代の海援隊に、果たして、何人の若者が、参加しているのか？

そして、リーダーは、誰なのか？

さらに、この海援隊の真の目的は、いったい何なのか？

それが、捜査本部の最大の関心だった。

十津川は、十人前後の若者が参加しているのではないかと、考えていた。

何しろ、一億円の軍資金である。もし、十人で結成されていれば、一人あたり、一千万円にもなる。

その金額が、十津川を不安にさせていた。

「一人当たり一千万円あれば、何でもできるからね。拳銃だって手に入るし、爆弾だって手に入る。それに、スピードの出るスポーツカーも、用意できるだろうし、もし、船を手に入れようとすれば、かなり高速のモーターボートを、買うこともできる。また、連中が、情報を手に入れることも、これで楽になったんじゃないかと思うね。今は、金さえあれば、たいていの情報は買えるんだから」

と、十津川が、いった。

「それじゃあ、つまり、連中は万能だということじゃありませんか？」

と、亀井が、いった。

「その通り、連中は、何でもできる」

「警部は、十人前後の若者が集まっているだろうといわれましたが、どんな若者が集まっていると、思われますか？」

若い西本刑事が、きいた。

「主犯の人間が、どんな男かは、わからないが、しかし、彼は今、一億円という大金を手に入れている。だから、特別な技術を持った青年が集まれば、どんなことでも、出来るんじゃないだろうか？　それがいちばん怖いと、私は、思っているんだ。たとえば、射撃の名手、あるいは、爆薬に精通している人間、通信のプロや、ハッカー、車の運転がうまいレーサー。あるいは、空手の名手や、語学の名手だって、集まっているかもしれない。そうした技術の持ち主の若者が集まれば、何でもできるんじゃないか？　そして、一億円という資金があれば、前にもいったが、何でも手に入れることができるんだから、なおさら、この集団は怖いと、私は、思っている」

十津川は、厳しい口調でいった。

「しかし、それでも、現代の海援隊が狙うのは、やはり、個人に対するテロなのではないでしょうか？」

と、亀井が、いった。

「カメさんは、どうして、そう思うんだ？」

「そのほうが、目的がはっきりとしていて、やりやすいからですよ。漠然と日本の洗濯といっても、あまりに範囲が広すぎます。それなら、首相の暗殺とか、日本に来ている外国の要人を狙うとか。もし、個人を狙うのでなければ、有名な組織か場所を狙う。たとえば、今問題になっている、原発ですよ。原発を狙って、これを破壊して日本に警鐘を鳴らす。連中は、そんなことも考えているんじゃないでしょうか？」

「私も、カメさんの説に、同感だ。連中は、そのどちらかを狙うんじゃないか。重要な個人を暗殺するか、あるいは、ある組織や施設を壊滅させるか、占拠するか、そのどちらかだと、思っている。個人を暗殺するのなら、今まで、犯人は大会社の社長を殺し、漫画家、風俗営業の社長と愛人を殺した。そうなると、次に狙うのは、まず、政治家が考えられる。標的が政治家だとすれば、どうしたって、そのトップの総理大臣を狙うだろう。また、ある施設や組織を狙うとすれば、カメさんがいった通り、まず考えられるのは、原子力発電所だね。今、原発に関する問題がいろいろと起きているし、原発を占拠すれば、その影響力は、甚大《じんだい》だ。

この犯人は、その行動を見ていると、日本のため、社会のためといっているが、その底には、坂本龍馬を自称しているように、有名になりたいという意識が、見え見えだ。あるいは、社会を驚かしてやりたいという意識も見える。その表われが、Nチャンネルの利用だ。とすれば、大会社のビルや工場を狙うよりも、原発を狙うほうが、社会に与える影響は大きい。同じように、個人を狙うとしたら、今度は、孫の誘拐ではなく総理大臣自身になってくる。したがって、私としては、この二つを特に警戒したいと、思っている」

と、十津川は、いった。

この考えを、十津川は、三上本部長にも伝えた。

三上は、硬い表情になって、

「犯人たちが、次に狙うのは、小暮首相自身か、あるいは、原子力発電所だというのか？」

「私は、そう考えています。刑事たちの中にも、同じ考えの者が多いんですよ。とにかく、この犯人は、社会にショックを与えたくて仕方がないんです。ただ単に、何か事件を起こすというのではなくて、そのことによって、社会が大騒ぎする。それが面白いんです。ですから、個人を標的とすれば、総理大臣しかありません。また、現在、何かと問題になっているのは、原子力発電所ですから、連中は、どこかの原子力発電所を占拠して、社会を震え上がらせたいと、思っているに違いないのです。ですから、差しあたって、この二つを、特に厳重に警戒していきたいと、私は、思っています」

と、十津川は、いった。

「しかし、警戒するといっても、どうするんだ？　小暮首相のほうには、ＳＰがついているし、警護は、比較的やりやすいかも知れない。しかし、原発のほうは、どうやって守るんだね？　日本に、何基の原発があると、君は、思っているのかね？　その一つ一つを、どうやってガードするんだ？」

三上が、険しい眼《め》で、十津川を見た。

「しかし、やらなければなりません」

と、十津川が、強い口調で、いった。

5

三日後。

北陸地方は、朝から快晴だった。

原発銀座と呼ばれるこの地区で、最近、原子力発電所の1号機に事故があり、四人の作業員が死亡している。

そのため、1号機は、今も操業を停止していて、2号機、3号機は、操業の停止後、再点検の上、操業を開始していた。

それだけに、働く職員たちは、全員がピリピリしていた。もし、再度、事故を起こしたりしたら、県民の間から、原発の廃止運動が、起こりかねなかったからである。

午後一時頃、窓の外を見ていた2号機の職員の一人が、3号機の頭上を飛ぶヘリコプターに気付いた。

（原発の上を、ヘリが飛ぶなんて、非常識だな）

と、その職員は、眉をひそめた。

1号機の事故の時には、新聞社やテレビ局のヘリが飛んできたが、その時でも、かなりの高度を保っていたのである。

それなのに、今、3号機の頭上を飛ぶヘリは、せいぜい、百メートルほどの高度しかない。

その上、頭上で、ホバリングを始めた。

(どこの新聞社なのか?)

と、眼を凝《こ》らしているうちに、そのヘリが模型のヘリだと、気付いた。長さは二メートルくらいはあるだろう。模型にしては大型だが、模型であることに変りはない。ほっとはしたが、今度は、こんな場所で模型のヘリを飛ばす人間に、腹が立ってきた。

主任の立花に話すと、彼も、窓の外に眼をやった。

「バカな人間がいるもんだ」

と立花は、舌打ちしてから、すぐ、3号機の警備係に電話をかけた。

五、六分して、

「ただ今、頭上の模型ヘリを確認。これから操縦している人間を探し出します」

と、警備係が、連絡してきた。

その時、ホバリング中のヘリから、何か白いものが、バラバラと落下してくるのが見えた。

地上に落ちると同時に、次々に、白煙があがった。

炎が見えないから、発煙筒らしいが、それでも、白煙が3号機を蔽《おお》って、たちまち、警報が鳴りひびいた。

続いて、模型ヘリからビラが撒《ま》かれるのが、目撃された。

次の瞬間、模型ヘリは、北に向かって飛び去って行った。

通報を受けたパトカー三台が、そのあとを追ったが、見失ってしまった。

県警は、模型ヘリが撒いたビラを押収《おうしゅう》した。その枚数は約百枚、どれも、コピー機で作製されたと思われるもので、次の文章が記入されていた。

〈電力会社は、原発から撤退せよ！
度重なる事故によって、国民に不安を与えながら、何ら反省の色なき各電力会社に忠告する。

今年中に、原発事業から全面撤退せよ。その旨《むね》の宣言を一週間以内に発表することを要求する。

これが、実行されなければ、われわれが、手はじめに、北陸にある三基の原発を破壊する。

本日は、警告の意味で発煙筒を落としたが、次には、Ｃ４プラスチック爆弾を落とす。われわれは、すでに、この強力な爆弾を、多数所有している。また、その運搬手段としての精巧な模型ヘリも、多数所有しているから、その攻撃を、完全に防ぐことは、まず不可能である。

現代の海援隊〉

問題の模型ヘリを、何人かの原発職員が、写真に撮っていた。その写真も、県警は入手した。

その写真、ビラ、発煙筒の残骸《ざんがい》などが、県警から、警視庁の十津川のもとに送られてきた。

写真には、次の説明文が添付されていた。

〈この写真を、模型ヘリの専門店に見せたところ、次の回答を得ました。

この模型ヘリは、Ｈ２００４ＲＴと呼ばれる最新型で、全長百九十六センチ、重量十二キロ、九馬力のガソリンエンジンで、三～四キロの荷物をのせることが、可能ということです。完成機で、二百五十万円。測量、農業、空中撮影などに使用されています。この模型ヘリなら、Ｃ４プラスチック爆弾を、四、五本は、運搬可能と思われます〉

6

捜査本部は、衝撃を受けた。

（やはり、連中の狙いは、原発だったのだ）

という意見が、支配した。

「しかし、どうして原発なんだ？」

と、三上本部長がいった。

「連中は、日本の洗濯を標榜《ひょうぼう》しているんだろう。なぜ、原発が洗濯の対象になるのか、わからんね」

「強いて考えれば、原発は、大量の核廃棄物というゴミを作り出し、現在もその処理に困っていますからね。そんなゴミを作り出すものは、一刻も早く洗濯してしまった方がいいと、考えているのかも知れません」

亀井が、三上に向かっていった。

「しかし、電力会社は、原発から撤退などしないだろう」

「しませんね」

「とすると、連中は、本当に、模型ヘリを使って、原発を攻撃すると思うかね？」

「するでしょう。連中は龍馬気取りですから」

と、亀井がいった。

「その時には、防げると思うかね？」

「わからんじゃ、困るね。十津川君はどう思うんだ？　防げると思うか？」

三上が、きいた。

「模型ヘリのスピードは、せいぜい、時速四十キロぐらいのものでしょう。あらかじめ、警察の狙撃チームを配備しておけば、射《う》ち落とすのは、さほど難しいと思いませんが」

と、十津川は、いってから、

「ただ、この模型ヘリには、予告通り、四、五本のＣ４プラスチック爆弾が、積み込まれていると思わなければなりません。射ち落としたヘリが、そのまま、原発に突っ込んでしまえば、大惨事になりかねません。炉心《ろしん》が強くガードされていても、その他に、熱交換器、ポンプ、電動機、計器類など、おびただしい部品があり、ケーブルなどが千メートル以上も伸びていますから、Ｃ４プラスチック爆弾の爆発が致命傷になります」

「結局、どっちなんだね？」

三上が、いらだちを見せて十津川にきいた。

「正直にいえば、難しいと思います。連中が、夜に入ってから、五、六機の模型ヘリに、Ｃ４プラスチック爆弾を積み込んで、原発の周囲の、東西南北から、発進させたら、その全《すべ》てを、原発地域の外で射ち落とすのは、難しいと思います。一機でも原発の中に入ってしまったら、射ち落とすことも、危険になってしまいます」

「じゃあ、どうしたらいいんだ？」

「わかりません」

「とにかく、問題のヘリを、原発地域に、近づけなければいいんだ。原発地域の周辺に検問所を設けたら、どうだろう？　十二キロもの重さと、二メートル近い模型ヘリを、連中が手で運ぶ筈がない。車で運び、原発の近くから発進させるに違いない。だから、全ての車を検問すれば、防ぐことは、可能じゃないのかね？」

三上が、自分の意見を、口にした。

「それでは、完全だとは思えません」

と、十津川は、正直にいった。

「なぜかね？」

「模型ヘリの航続距離ですが、増槽タンクをつければ、伸ばすことが出来ます」

「それなら、検問の円を大きくすればいい」

「そうしたとき、連中は、模型ヘリを、バラバラに分解してその円内に運び込み、そこで組立てて、飛ばすかも知れません」

「君は、どっちの味方なんだ？　敵の味方なのかね？」

三上が、怒り出した。

それに対して、十津川は、こんなことをいった。

「実は、私は、この現代の海援隊の本当の狙いは、原発ではないような気がしています」

「おかしいじゃないか。連中が、次に狙うとすれば原発だといっていたのは、君自身だ。その予想どおり、北陸の原発が狙われたのに、君は違うというのかね？」

「昨日まで、私は、連中の次の標的は、組織や施設なら、原発と思っていました。しかし、今は、違うという感触を持っています」

「だから、なぜ、違うんだね？」

「今までの犯人の行動パターンからです。犯人は今まで、四人の人間を殺していますが、いずれも、何の予告もなく殺しています。それに反して、予告したケース、それは、小暮首相の一週間のスケジュールを発表したケースですが、その時は、小暮首相の五歳の孫の誘拐事件を、起こしています。その上、犯人は、それを楽しんでいるのです」

「つまり君は、原発への攻撃は、陽動作戦だというのかね？」

三上は、十津川を睨《にら》むように見て、いった。

「今までの犯人のやり方を見ていると、陽動作戦の可能性が大きいと、私は思っています」

と、十津川は、いった。

「では、犯人は、何を狙おうと思っているのかね？」

「わかりません」

「原発のガードは無用だと、君はいい切れるのかね？」

三上が、きく。

「正直にいって、そこまでいい切れる自信はありません」

「それじゃあ、結局、原発のガードは必要ということじゃないか」

三上は、声を大きくした。

結局、北陸の原発のガードは、強化することになった。

警視庁、県警、それに、原発を監督する原子力安全・保安院が、協力して当ることも、決った。また、犯人側が、C4プラスチック爆弾の使用を匂《にお》わせているので、自衛隊の爆発物処理班が、この作戦に参加した。

西本たちは、北陸に向かったが、十津川は、亀井と、東京に残った。どうしても、狙われるのが、原発とは思えなかったからである。

「今までの犯人の行動パターンから見て、そう思われるわけですか？」

亀井が、きく。

「もう一つ、理由がある」

「それは、どういうことですか？」

「犯人が、一週間の猶予《ゆうよ》を持たせていることだ」

「それが、おかしいですか？」

「犯人は、坂本龍馬の信奉者だ。その坂本龍馬は、疾風のように、幕末という波乱の時を駈《か》け抜いている。一週間なんて、悠長なことはしていない。だから、不自然なんだ。或《ある》いは、その一週間の間に、何か、別の事件を起こす気かも知れない」

「やはり、個人に対するテロですか？　その標的は、総理大臣――」

「それも考えたよ。組織でなければ、個人に対するテロで、一番考えられるのは、総理大臣と、思っているからね」

十津川の顔には、迷いの色があった。

「標的は総理大臣じゃありませんか？」

「個人に対するテロなら、犯人は、今までのように、ひとりでやるんじゃないか。わざわざ一億円の軍資金を手に入れて、海援隊を作った以上、狙いは、何か重要な機関じゃないかと思っているんだよ」

「しかし、原発ではない？」

「そうだ」

「じゃあ、何が標的ですか？」

「それがわからなくて、困っているんだ！」

十津川は、自分に腹を立てて声を荒らげた。

第七章　龍馬の亡霊

1

電力会社は、記者会見を開き、予想通り、テロに屈することなく、原発の運転を続けると発表した。

犯人側は、一週間という期限を切っていたが、それでも、電力会社のほうは、その一週間以内に、犯人の攻撃が行われるかも知れないという考えで、警戒を厳重にした。

県警も、それに協力して、原発の周辺に検問所を設け、また、常時、本物のヘリコプターを飛ばして、原発の上空を警護することになった。

警視庁からも、捜査一課の刑事たちが応援に駆けつけたが、十津川と亀井の二人は、東京に残っていた。十津川は、原発攻撃は陽動作戦にすぎず、ほかを攻撃するのではないか、そう考えていたからである。

やはり、電力会社の記者会見があってから、二日が経《た》ち、三日経っても、何事も起きなかった。そして、四日目の夜になって、一つの情報が、十津川の耳に入った。

川崎港を出発して、紀伊《きい》の勝浦《かつうら》、そして、四国の高知、九州の宮崎まで行く長距離フェリー、フェニックスジャパン号一万トンが、予定時刻になっても、紀伊勝浦に現れない。すでに六時間が経過している。そういう情報だった。

そして、船会社がフェニックスジャパンに連絡を取ろうとしても、無線がまったく通じないというのである。

これが、今回の一連の事件と関係があるかどうかは、まだわかっていない。

それでも、十津川は、亀井をつれて、川崎に本社のあるフェニックス海運に急行した。

この会社は、三隻《せき》の長距離フェリーを持ち、川崎、紀伊勝浦、高知、宮崎の航路に、その三隻の船を就航させていた。いずれも、一万トンクラスのフェリーである。

十津川と亀井は、海運会社の淡口《あわぐち》という専務に会った。

淡口専務の話によれば、フェニックスジャパンは、今日の十二時三十分には、勝浦に入港しているはずなのだが、午後七時の現在に至っても、勝浦には到着していない。そして、フェニックスジャパンに連絡を取ろうと思っても、無線がまったく通じないのだともいう。

「六時間も行方がわからない、連絡が取れないというようなことは、前にもあったんですか?」

十津川が、淡口にきいた。

「荒天の時に一回、そういうことがありましたが、しかし、今日は台風も接近していませんし、海上は穏やかです。それなのに、こんなに遅れているというのは、何かあったに違いありません」

と、淡口は、いった。

「フェニックスジャパンの積み荷が、何か、わかりますか?」

十津川がきくと、専務はすぐ、一枚のプリントされたメモを、十津川に渡してくれた。

それには、川崎港からフェニックスジャパンに積み込まれた貨物と、乗客の人数が記されていた。

フェニックスジャパンには、さまざまな貨物が、トラックごと積み込まれていた。

その中で、十津川が注目したのは、タンクローリーが二台、積まれていることだった。

中身は重油で、宮崎まで運ばれると書かれていた。

もう一つは、おもちゃメーカーの十一トン積みトラック二台だった。

重油のほうは、宮崎のほうで必要があって運ばれるのだろうが、おもちゃというのが、十津川にはひっかかった。

なぜ、東京から、何トンものおもちゃが宮崎まで運ばれるのか？　さらに、高知を通るというフェリーの航路も、十津川には、気になった。

タンクローリー二台の会社は、ＮＫ石油のもので、電話をかけると、確かに、重油をタンクローリー二台に積んで、今日、長距離フェリーに乗せて、宮崎に向かわせたという。

しかし、おもちゃのほうは、持ち主である太田黒玩具《おおたぐろがんぐ》という会社そのものが見つからなかった。

リストによれば、太田黒玩具は、東京の池袋にあるはずだったが、そこには太田黒玩具という会社はなく、また、電話番号もデタラメだった。

十津川の脳裏《のうり》に、あの模型のヘリコプターが、浮かんだ。

ひょっとすると、その二台のトラックには、何機もの模型のヘリコプターが積まれているのではないか、そう考えたのである。

「すぐ、海上保安庁に連絡をして、探してもらったほうがいいですよ」

と、十津川が、いうと、専務も、

「これから、電話をしようと思っていたところです」

と、いった。

時刻は、すでに午後七時を過ぎて、周囲は暗くなっている。もちろん、海上も暗いだろう。それでも、船を探すことができるのだろうか？

淡口専務は、正式に、海上保安庁に、消えてしまったフェニックスジャパンの捜索を依頼した。

十津川は、壁に掛かっている写真に、目をやった。

純白の船体に、赤いラインが入っている。そして、フェニックスジャパンの文字。一万トンという大きさがあるだけに、堂々として見える。

乗員は船長以下十五名。しかし、何の武器も持っていない。

となれば、犯人たちは、武器を持っていれば、容易に、このフェリーをシージャックできるのではないだろうか？

そんな不安が、十津川の脳裏をよぎった。

海上保安庁は、フェニックス海運の要請を受けて、巡視船を、紀伊勝浦に向けて、出航させた。

しかし、すでに海は暗く、その上、現在、問題のフェニックスジャパンがどのあたりにいるのか、それさえも、見当がついていない。

おそらく、捜索は困難を極めるだろう。フェニックス海運の専務も、それを認めた。

「夜明けを待つよりほかに、方法がないかも知れませんね」

亀井が、十津川に、小声でいった。

2

横浜港を出港した巡視船〈やしま〉は、フェニックスジャパンの予定航路にしたがって、紀伊勝浦に向かって、全速力で夜の海を航行し、夜明け近くなって、紀州沖に到着した。

しかし、どこを見ても、フェニックスジャパンの船影は見つからなかった。

明るくなると、勝浦港からかけつけた巡視艇〈まつかぜ〉や、海上保安庁の飛行機も、捜索に加わった。

しかし、昼を過ぎても、フェニックスジャパン号は、発見できなかった。

午後五時過ぎ、夕闇《ゆうやみ》がまた海上に近づいたとき、海上保安庁の飛行機が、紀州沖五十キロの海上に漂っている救命ボート二隻を発見した。飛行機からの連絡を受けて、巡視船〈やしま〉が、現場に急行した。

そこに漂っていた二隻の救命ボートには、一隻に五人ずつの男が乗っていた。合計十名、いずれもフェニックスジャパン号の船長と乗組員たちだった。

助けられた船長たちは、ほかにも、乗客を乗せた救命ボートがあるはずだといい、巡視船艇二隻は、現場周辺を丹念に捜索した。

さらに、三隻の救命ボートが発見された。いずれもフェニックスジャパンの救命ボートで、その三隻には、乗組員と乗客が乗っていた。

巡視船〈やしま〉の船内で、フェニックスジャパンの船長が、状況を説明した。

「川崎港を出港して、伊豆半島沖に差しかかった時、サングラスやマスク姿の、猟銃やダイナマイトを持った男たちが、船長室や船室に乱入してきて、たちまち本船がシージャックされました。犯人たちは、十人か十一人で、抵抗しようとした船員一人が、銃で撃たれて、大ケガをしました。男たちは、船をシージャックすると、すぐに通信室も占拠して、外部と連絡が取れないようにしました。彼らは、『抵抗しなければ、危害は加えない』といい、占拠して五時間後に、船員と乗客たちを五隻の救命ボートに乗せて、洋上で解放しました。彼らが、何の目的であのフェニックスジャパンを乗っ取ったのかは、わかりません。私は、君たちの目的は何なのかときいたのですが、彼らは、何も答えませんでした」

と、船長はいった。

「犯人たちは、行き先もいわなかったんですか？」

巡視船〈やしま〉の船長がきいた。

「何も、いいませんでした。しかし、犯人たちの中には、船の構造に慣れた人間や、あるいは、船員の経験があるものもいるようで、われわれを操舵《そうだ》室から排除すると、自分たちで、船を動かしていました」

と、フェニックスジャパンの船長は、いった。

船長たちの話は、すぐ、川崎のフェニックス海運にも伝えられ、そこに待機していた十津川と亀井の耳にも、きこえた。

「連中でしょうか？」

と、亀井が、十津川に、きく。

「まだわからないが、犯人たちの可能性は大きいな。海援隊を作ったので、今度は、船を乗っ取ったんだ。そんなところじゃないか？」

「しかし、長距離フェリーを乗っ取って、どうする気ですかね？」

「本物の坂本龍馬は、幕末に、船を使って、貿易をしようと考えていたんだ。犯人たちは、坂本龍馬の志を変に誤解しているから、単に、坂本龍馬のマネをしようとしているのかも知れない」

「しかし、シージャックをして、その船で何かをしようとしたって、それは、不可能でしょう。彼らが乗っ取ったフェニックスジャパンが見つかり次第、巡視船が停船を命じて、犯人たちを逮捕してしまいますからね」

亀井が、首をかしげた。

「確かに、その通りだ。しかし、彼らは、何か目的があって、フェニックスジャパンをシージャックしたんだよ」

と、十津川が、いった。

さらに、巡視艇二隻が加わり、また、海上保安庁の航空機二機も協力して、紀州沖で、大がかりな捜索が行われた。

しかし、船は見つからない。そして、また、夜になった。

捜索は一時中止された。

十津川は、海運会社の淡口専務に、

「フェニックスジャパンというのは、どのくらいの速度が出るんですか？」

と、きいてみた。

「巡航速度は、だいたい十六ノット（時速約三十キロ）です」

と、専務は、日本沿岸の地図を見ながら、いった。

「十六ノットで、日本から離れる方向に向かって、まっすぐに航行しているとすると、すでに領海の外に出てしまっているかも知れませんね」

十津川も、海図を見ながら、いった。

「確かにそうですが、そのうちに、燃料がなくなりますよ」

「いや、燃料はなくなりませんよ。積み荷の中に重油を積んだタンクローリーが二台、乗っているんです。その重油を使えば、フェニックスジャパンは外国まで航行することができるんじゃありませんか？」

と、十津川は、いった。

犯人たちは、もしかすると、今回のフェニックスジャパンに、重油が積み込まれることを知っていて、シージャックを決行したのかも知れない。

3

三日目の朝が来た。夜明けとともに、空と海上からの捜索が再開された。

三時間後、航空機の一機が、それらしい船影を見つけた。機長が、海上保安庁に連絡する。

「一万トンクラスの船が、南に向かって航行中です。しかし、船名はフェニックスジャパンではありません」

「何という船名なんだ？」

「今、高度を下げて、船名を読んでいます。いいですか？　船名は、いろは丸」

と、機長は、叫ぶように、いった。

海上保安庁は、すぐ、川崎のフェニックス海運に、連絡を取った。

「今、おたくのフェニックスジャパンによく似た一万トンクラスの船影が発見されました。しかし、船体に書かれている船名は、フェニックスジャパンではなくて、いろは丸となっているようなのですが、何か、その名前に心当たりはありますか？」

「ウチに、いろは丸などというフェリーは、ありませんが」

と、淡口専務がいった時、それをきいていた十津川が、

「そのいろは丸が、フェニックスジャパンですよ！」

と、大声で、いった。

専務が、振り返って、

「しかし、船名が違いますよ」

「いや、それでいいんですよ。フェニックスジャパンを乗っ取った犯人たちは、洋上で、船体に書かれた船名を、いろは丸に書き換えたんですよ」

と、十津川が、いった。

「どうして、そういえるんですか？」

と、専務が、きいた。

「われわれが追っている犯人たちは、狂信的な坂本龍馬の信奉者でしてね、何でもかんでも、坂本龍馬のマネをしているんです。前には、日本を洗濯するといい、今度は、フェニックスジャパンをシージャックして、坂本龍馬が幕末に使った船の名前、いろは丸と名前を変えたんですよ」

と、十津川は、いった。

それでもなお、淡口専務は、迷っていた。

十津川は、構わずに、専務に代わって、海上保安庁に連絡を取った。

「そのいろは丸が、シージャックされたフェニックスジャパンに、間違いありません。すぐに巡視船を急行させて、脱出を阻止してください」

と、十津川が、いった。

4

四隻の巡視船艇のうち、二隻がまず、現場に到着した。

〈やしま〉と一隻の巡視艇が、南下しようとする船の前方をふさぎ、〈やしま〉の船長が、船に向かって警告した。

「ただちに停船せよ。さもなければ、攻撃する」

しかし、相手の船は、いっこうに停船する気配がない。〈やしま〉の船長はまず、相手の前方に二十ミリ機銃を発射した。

銃声が響き、相手の船の前方に水しぶきが上がった。

それで、やっと、相手の船は速度を緩めたが、次に、奇妙なものが、こちらに向かって、飛来してくるのを発見した。

最初は、それが何かわからなかったが、双眼鏡でよく見てみると、模型のヘリコプターだった。それが、一機、二機、三機、四機と、一直線に、こちらに向かって飛んでくるのだ。明らかにそれは、相手の船から飛んできたものだった。

最初は、船長も乗組員も、その模型のヘリコプターが何を意味しているのかがわからなくて、呆気《あっけ》にとられて見守っていた。

しかし、二隻の巡視船艇の上空に到着したヘリコプターが、突然、二隻に向かって、急降下してきた。

〈やしま〉の船長は、あわてて、取り舵《かじ》一杯を命令した。〈やしま〉が、船体をきしませ、傾きながら、左に旋回する。

しかし、巡視艇の方は、避けきれなかった。二機の模型ヘリコプターが、その巡視艇に衝突し、猛烈な爆発音とともに、巡視艇の煙突付近が炎上した。

たちまち、巡視艇に火災が発生し、その場に停船してしまった。

巡視船〈やしま〉のほうは、危うく難を逃れ、海上に突っ込んだ模型のヘリコプターは、猛烈な爆発音を残して、火柱を吹き上げた。たぶん、飛来した模型のヘリコプターには、強力な火薬が、詰め込まれていたのだろう。

〈やしま〉は、急旋回したために、問題の船との距離が、一気に遠ざかってしまった。あわてて、船首を相手の船に向け直した。

向こうの船も、こちらの銃撃を警戒したのか、船首を北に向け直して、スピードを上げていく。逃走を始めたのだ。

〈やしま〉は、相手に向かって、停船せよと警告を発しながら、追跡を続けた。残りの二隻の巡視艇も、途中からこの追跡に参加した。

そうしている間に、爆発した巡視艇の一隻が、沈みかけてくる。新しく参加した二隻の巡視艇のうちの一隻が、その沈んでいく巡視艇の乗組員の救助に向かったため、問題の船を追跡するのは、〈やしま〉と巡視艇の、二隻になった。

5

また、逃げる船から、一機、二機と、模型のヘリコプターが、こちらに向かって飛んできた。

〈やしま〉の船長は、乗組員に、銃を用意させた。巡視艇にも警戒を呼びかける。

〈やしま〉の頭上に、二機のヘリコプターが飛来した。

「撃て！」

船長の命令で、乗組員たちは、一斉に銃を空に向かって発射した。

目標が小さいので、なかなか当たらない。それでも、乗組員たちは、必死で模型のヘリコプターに向かって、銃を発射し続けた。

一機が、上空で爆発して、海に落ちていった。二機目もやっと、撃ち落とすことができた。

しかし、巡視艇のほうは、一機は撃ち落としたが、もう一機が船尾に体当たりして、爆発した。

たちまち、スピードが遅くなる。そのうち、航行不能の合図を、〈やしま〉に向かって、送ってきた。やむなく、〈やしま〉は、ただ一隻で、相手の船を追跡した。

船長は、海上保安庁に向かって、状況を報告した。

「四隻の巡視船艇のうち二隻が、相手の攻撃によって航行不能になっていて、一隻は沈没。現在、〈やしま〉一隻で追跡していますが、銃撃を許可してください。このままでは、逃げられてしまいます」

船長は、攻撃許可を懇願した。

「威嚇《いかく》射撃では、停船させることはできないのか？」

「できません。一回試みたのですが、かえって、こちらがやられてしまいました」

「現在地点は、どこだ？」

「幸い、日本の十二海里の中です」

と、船長は、いった。

「では、領海外に逃がすな。銃撃を許可する」

「まず、威嚇射撃をしろ。もし、それでも停船しなければ、船尾に向かって撃て！」

船長が、命令した。

「停船せよ！」

と、もう一度警告してから、二十ミリ機銃が発射された。

まず、向こうの船の前方に、水柱が上がる。しかし、停船するどころか、相手の船は、余計にスピードを上げたように見えた。

二度目の銃撃が行われた。今度は、相手の船尾を狙って撃った。

しかし、命中しない。

「もたもたするな。撃ちつづけろ！」

船長が怒鳴った。

今度は、船尾に命中した。

船体の破片が飛びちった。

それでも、相手は停船しようとはせず、一目散に逃げようとする。

周囲が急速に暗くなってきた。

また、相手の船から、模型のヘリコプターが、飛んできた。

6

爆弾を積んだ模型のヘリコプターが二機、こちらに向かって突っ込んできた。船長は、やむなく、船を急旋回させた。

急旋回しながら、乗組員たちは一斉に、銃を、突っ込んでくるヘリコプターに向かって、撃ち続けた。かろうじて、二機とも撃ち落とすことができたが、その間に、相手の船との距離が、ふたたび、大きく開いてしまった。

あわてて船首を立て直して、また追撃に移る。

洋上は暗くなり、相手の船影が見えなくなってしまったが、レーダーは、確実に、相手の船影をとらえていた。

どうやら、向こうの船は、北に向かって航行している。その北には、日本の沿岸があった。

このまま追い続ければ、向こうの船を日本の港のどこかに追いつめて、犯人たちを逮捕することが可能だろう。

〈やしま〉の船長は、そう考え、しばらく二十ミリ機銃の発射を中止して、ひたすら、相手を追跡することに専念した。

暗闇《くらやみ》の中に、時々、ボーッと赤い光が見える。さっき二十ミリ機銃が命中して船尾が燃え、それがまだ、くすぶっているらしい。

〈やしま〉の船長は、追跡しながら、海上保安庁に、報告した。

「現在、シージャックされたフェニックスジャパンは、四国沖を北に向かって航行中です。こちらは、それを追って、レーダーで監視しながら、航行しています」

「間違いなく、向こうの船は、日本の沿岸に向かっているのか？」

「間違いありません。このまま追跡して行けば、夜明け前に、四国のどこかの港に、逃げ込むはずだと思われます」

と、〈やしま〉の船長は、報告した。

その頃、十津川は、西本刑事からの電話を受けていた。

「例のNチャンネルですが、そこにまた、メッセージが載りました。日本に住み飽きたから、海外に行くとあって、名前は、海援隊となっています」

と、西本は、いった。

「すぐ、その人間のことを調べて、報告してくれ。至急だ！」

と、十津川は、大声を出した。

一時間半後に、西本が電話してきた。

「例のメッセージの主は、太田黒雄作という四十五歳の男で、今、日下刑事と、その男が住んでいたマンションに来ています」

シージャックされたフェニックスジャパンに積み込まれていた、玩具会社と同じ名前であり、船長や乗組員たちの証言によれば、リーダー格の男も、仲間から太田黒と呼ばれていたという。

「どんな部屋だ？」

「２ＤＫの何の変哲もない部屋ですが、明治維新と、坂本龍馬の本、それにＤＶＤで、一杯です。管理人の話では、最近、この部屋に若い男たちが集って、夜おそくまで何か話していたそうです。それから、部屋にあったパソコンには、メッセージが残されていました」

「それを、いってみてくれ」

「『われわれは、日本に失望し、海外に雄飛《ゆうひ》する』――です」

「雄飛――か」

「もう一つ、わかったことがあります。太田黒は、最近、近くの倒産した町工場を買い取って、おもちゃを造っていたそうです」

「おもちゃ？　例の模型のヘリコプターだな」

「そうだと思います。それに、トラック二台も買い入れ、管理人は、景気がいいんだなと、感心していたといっています」

と、西本はいった。

巡視船〈やしま〉は、シージャックされたフェニックスジャパンと距離を保ちながら、航行する。次第に、二隻とも、四国の沿岸に近づいていた。

午前三時五分、いろは丸ことフェニックスジャパンは、速度を緩めずに、そのまま、四国の浜辺に突っ込んでいった。

場所は、高知・桂浜の砂浜である。

猛烈な衝撃音とともに、一万トンの巨体が、浜辺に乗り上げていく。

海上保安庁からの連絡を受けて待機していた高知県警の刑事たちが、乗り上げた船に向かって、パトカーを走らせていった。

まだ、夜は明けていない。

月明かりの中に、一万トンの巨体が、砂浜に乗り上げていた。わずかに、船体が傾いている。

犯人は、十人か、あるいは、十一人で、ダイナマイトや猟銃を持っている、ときいていたので、県警の刑事たちは、船を遠巻きにして、拳銃を構え、マイクで犯人たちに呼びかけた。

「投降せよ！　こちらは、高知県警本部である。警告する。速やかに投降せよ！」

しかし、船内からは、何の応答もない。

投光器が持ち出され、強烈な光が、船体に向かって投げかけられた。光が船首から船尾に向かって、ゆっくりと撫《な》でるように当てられていく。

しかし、その光の中に、犯人らしき人物の姿は、現れなかった。

さらにもう一度、マイクを使っての投降の呼びかけが繰り返されたあと、ヘルメットをかぶり、防弾チョッキを着た刑事たちが、一斉に船に向かって、突進していった。

しかし、船内には、一人の犯人の姿もなかった。

犯人たちは、船体を砂浜に乗り上げると同時に、どこかへ逃亡していたのである。

7

「夜が明けたら、すぐ、高知に行こう」

十津川が、亀井にいった。

「そうですね。行きましょう」

と、亀井が、応じる。

夜が少しずつ、明けてくる。その間、十津川は時々、高知県警本部に連絡を取っていた。

犯人たちが見つかって、逮捕されてしまえば、急いでいくことはない、そう思っていたからだが、夜が明けても、犯人たちは見つからないという返事が、繰り返されている。

朝になった。

十津川と亀井は、午前八時三十五分発のＡＮＡ５６１便で高知に向かった。

九時五十分に高知龍馬空港に着くと、二人はすぐ、捜査本部の置かれている、高知警察署に向かった。そこで、指揮を執っている谷中《やなか》という警部に会った。

彼は、高知周辺の地図を広げて、

「残念ながら、依然として、犯人たちの行方がわかっていません。連中は、十人か十一人の人数で、銃を持ち、あるいは、爆薬を持っていると思われるので、危険な存在です」

と、十津川に向かって、いった。

「船の積み荷のほうは、どうなっていましたか？　確か、重油を積んだ二台のタンクローリーがあったはずですが？」

と、十津川が、きいた。

「一台のタンクローリーの重油は、ほとんどなくなっていました。たぶん、船を動かすのに使ったのでしょう。もう一台のタンクローリーのほうは、そのままでした」

「ほかに、模型玩具を積んだ二台のトラックがあったはずなのですが？」

「ええ、ありましたよ。しかし、中は、空っぽでした。おそらく、巡視艇との交戦に使った模型のヘリコプターを、積んでいたんじゃないでしょうか？　一台のトラックのほうには、プラスチック爆弾が、五、六発残っていましたから、それを見る限り、今も連中は、何発かのプラスチック爆弾を持っていると考えなければなりません」

　谷中警部が、いった。

「連中の足取りは、まったくつかめていないのですか？」

　亀井がきいた。

「つかめていません。周辺の山の中に逃げ込んだのか、あるいはまだ、高知市内に潜伏しているのかも、わかりません。今、フェニックスジャパンの乗組員や乗客の証言から、犯人たちの似顔絵を作って、送ってもらうことになっているのですが、それもあまり、期待できませんし、人混みの中に逃げ込まれてしまうと、逮捕は、ますます困難になります」

　谷中警部が、疲れの見える顔でいった。

そして、たった今、ファックスで送られてきた似顔絵を、十津川に差し出した。

似顔絵は、リーダー格の男、太田黒一人だけだった。

目鼻立ちのはっきりした、意志の強そうな男である。この男は、身長百八十センチぐらい、体重は七十五、六キロ。訛《なま》りのない言葉を使っていたという。

ほかの犯人たちは、全員がサングラスをかけていたり、マスクをしていたりしていたので、似顔絵を作ることは、不可能だった。

昼を過ぎても、犯人たちの行方は、わからないままだった。

どこか近くの港から、漁船か、あるいは、モーターボート、ヨットなどを強奪して、すでに逃亡してしまったのではないかという意見もあれば、近くの山の中に潜伏して逃亡の機会を狙っているのではないかと、高知市内の潜伏説まであった。

しかし、近くの港から、船が盗まれたという情報はなく、山狩りでも、何もみつからず、ただ、銃とダイナマイトやプラスチック爆弾を持った犯人たちが、ひじょうに危険な存在であるという点では、意見は一致していた。

十津川と亀井は、砂浜に乗り上げている船を見に行った。

フェニックスジャパンの船名は、白く塗りつぶされ、そこに、大きな字で、「いろは丸」と書かれていた。

「この船名を書くのは、大変だったんじゃないでしょうかね。洋上でやったにしろ、どこかの島かげでにしろ、船を停める必要があったと思いますね」

亀井が、感心したようにいった。

「カメさんのいう通り、その間、この船は停船していたんだと思うね。動きながら、人間をロープで吊《つ》り下ろして、あの場所に船名を書くのは、無理だろうからね。船名は、しっかりと書いてある」

と、十津川もいった。

「もし、船名にとらわれずに、シージャックして、すぐに、まっすぐ南に向かっていたら、今頃、公海上に逃げ込むことも、可能だったんじゃないでしょうか？」

「私も今、それを考えていたんだ。だから、いろは丸という船名にこだわったのは、バカな行為だったといえるが、逆に考えれば、それだけ、この犯人たちは坂本龍馬の行動に憧《あこが》れているんだ。どうしても、いろは丸という船名が欲しかったんだ」

「それは、憧れといっていいんでしょうかね？　私にいわせれば、ただ単に、坂本龍馬の亡霊に取りつかれているだけだとしか、思えませんが」

亀井が、吐き捨てるようにいった。

「坂本龍馬の亡霊か」

と、十津川は、小さくつぶやいてから、急に、

「連中が、それだけ、坂本龍馬に凝《こ》り固まっているとすると、どのように逃げたか、自然にわかってくるじゃないか！」

と、叫ぶように、いった。

二人は、急いで捜査本部に引き返すと、十津川が、

「犯人たちがどこに逃げたか、見当がつきましたよ」

と、谷中警部にいった。谷中はびっくりして、

「本当ですか？」

「連中には、坂本龍馬の亡霊が取りついているんですよ。ですから、この高知から脱出をはかる時も、坂本龍馬のマネをするんじゃありませんかね？　坂本龍馬が土佐から脱藩《だっぱん》した時、どの道を通ったか、わかりますか？」

「ええ、もちろん、わかりますよ」

谷中はすぐ、一冊の坂本龍馬関係の本を持ってきた。

その本のページを繰っていくと、そこには、

〈坂本龍馬の脱藩ルート、文久二年、一八六二年〉

と書かれ、地図が記されてあった。

それによれば、文久二年三月二十四日、高知出発、二十五日、檮原《ゆすはら》、二十六日、松《まつ》ヶ峠《とうげ》を経て、大洲《おおず》を通過し、長浜に三月二十七日に到着し、三月二十八日に長浜を出航し、船で下関に逃げている。それが、坂本龍馬が土佐藩を脱藩した時のルートだった。

「連中はおそらく、この通りのルートを使って、高知を脱出すると思います」

と、十津川は、いった。

しかし、谷中警部のほうは、半信半疑の顔で、

「しかし、今は、文久二年じゃありませんよ。それに、連中は坂本龍馬でもない。それが、果たして、この百四十年以上も前の脱出ルートを使うでしょうか？」

と、いった。

「私は、使うと思っています。何しろ、何回もいいますが、連中は、坂本龍馬の亡霊に取りつかれているんですよ。ですから、やみくもに、坂本龍馬のマネをしようとするはずです」

と、十津川は主張した。

それでも、県警のほうは半信半疑なので、十津川と亀井の二人に、県警の刑事五人が同行して、急遽《きゅうきょ》、大洲から長浜に向かうことになった。

8

十津川は、長浜ではなく、その手前の大洲で、犯人たちを待ち伏せすることにした。

大洲は、今でも、昔の風情《ふぜい》が残っている城下町である。朝の連続テレビドラマ「おはなはん」でも有名で、現在も、その名前を使った、おはなはん通りが残っている。町の中央を肱川《ひじかわ》が流れ、そこでは、夏には鵜飼《うか》いが行われる。

十津川が地図で見ると、高知方面からこの大洲に向かって逃げてくるとすると、国道56号線か、国道１９７号線を利用するだろう。

そこで、この二つの国道が合わさる、弁財天の近くに、検問所を設けることにした。

この弁財天は、肱川に架かる橋のたもとの近くである。

十津川たちは、乗ってきたパトカーを近くに隠して、道路のそばの民家から監視をすることにした。

高知に残った県警の刑事たちは、高知市内をしらみつぶしに調べていく一方、周辺の山狩りを続けているという。

「残念ながらまだ、犯人たちは、見つかっていません」

谷中警部が、携帯を通じて、いった。

（となると、連中はすでに、この大洲に向かっているのかも知れない）

と、十津川は、思った。

十津川と亀井、それに五人の県警の刑事は、改めて、犯人たちのリーダーである大田黒の似顔絵を、目に焼きつけることにした。

なかなか犯人たちは、大洲に現れない。

しかし、夜に入ってから、検問所を突破しようとするバスが現れた。高知ナンバーのバスである。どの窓にもカーテンが下りている。

十津川は、拳銃を、空に向けて発射しながら、

「停まれ！」

と、大声で、怒鳴った。

それでも停まろうとしない。

バスの窓の一つから、突然、男の手が突き出され、刑事たちに向かって、何かが投げつけられた。

「伏せろ！」

と、とっさに、亀井が叫んだ。

飛んできたものは、刑事たちの頭上を飛び越えて、近くの民家の壁に命中した。

夜の中で、閃光《せんこう》と強烈な爆発音がひびき、ガラガラと、コンクリートの壁が崩れてきた。

二発目の爆弾が、飛んできた。

今度は、県警の刑事の一人が、血を流し、悲鳴をあげて地面に転がった。

「この野郎！」

亀井が叫び声をあげ、近づいてくるバスの運転席めがけて、拳銃を撃った。

一発、二発。

運転席の窓ガラスが、こっぱみじんになる。

それでやっと、バスが停まった。と、思われる間もなく、バラバラと、バスから男たちが降りてきて、そのうちの何人かが、銃を構えていた。

間違いなく、犯人たちだった。相手は、十人はいる。そのうちの五、六人が、拳銃や猟銃を持っていた。このままでは銃撃戦になる。

十津川は、とっさに、

「坂本龍馬が人殺しをするのか！　そんなことをすると、龍馬が泣くぞ！」

と、怒鳴った。

その声で、犯人たちの中に、動揺が広がっていくように見えた。しかし、リーダー格らしい男は、自ら拳銃を構えて、こちらに向かってやみくもに突進してきた。走りながら、拳銃を乱射する。

十津川は、相手に向かって慎重に狙って、拳銃の引き金を引いた。突進してきた男が、もんどり打って、地面に叩《たた》きつけられた。その手から拳銃が転がり落ちる。

十津川は、また怒鳴った。

「もう、お前たちのリーダーは、いないぞ！　すぐに降伏しろ！」

県警の刑事たちも、拳銃の銃口を犯人たちに向けている。

一瞬、沈黙があってから、犯人たちが、手に持っていた銃を投げ捨てた。亀井と県警の刑事たちが、犯人たちに向かって近づいて行った。

その間、十津川は、倒れているリーダーに向かって、声をかけた。

「大丈夫か？」

「畜生！　もう少しで、逃げ切れたんだ」

苦しそうに、相手が、いった。

「太田黒だな？」

確認するように、男に向かって、十津川が、きく。

「そうだ。太田黒雄作こと、現代の坂本龍馬だ」

と、男が、いった。

「いや、お前は、坂本龍馬なんかじゃない。しいていえば、坂本龍馬の亡霊だよ。だから、もう死んでいるんだ」

と、十津川が、いった。

9

太田黒雄作、四十五歳。今流にいえば、龍馬オタクである。

十津川が撃った弾丸は、太田黒の左の太ももを貫通しており、太田黒は、すぐ病院に運ばれた。命に別状ないという。

ほかの犯人十人も、全員が高知県警に逮捕された。

この十人の中には、もちろん、木戸英介や首相の個人秘書だった野村秀夫の姿があった。

太田黒の訊問《じんもん》は、彼が運ばれた病院で行われた。

太田黒には、反省の色は、ほとんどなかった。

むしろ、誇らしげに、

「俺たちは、龍馬にならって、日本の洗濯をしようとした。しかし、洗濯しきれないほど汚れていたので、俺たちは、失望して、日本を捨てようとしたんだ。もし、邪魔が入らなければ、今頃は、どこか、まだ戦争が行われているところに行って、侍らしく戦っていたはずだ」

と、太田黒が、いう。

「そんなことをしたら、坂本龍馬が泣くぞ。彼は、戦うために、生まれてきたんじゃない。戦いを止めるために、生まれてきたんだ」

十津川は、きっぱりといった。

この作品はフィクションであり、作中に登場する人物、団体、会社名、場所等は、実在のものと関係ありません。

『高知・龍馬　殺人街道』二〇〇七年二月　新潮文庫

中公文庫

高知《こうち》・龍馬《りょうま》 殺人街道《さつじんかいどう》

2023年 8 月25日　初版発行

著　者　西村京太郎《にしむらきょうたろう》

発行者　安 部 順 一

発行所　中央公論新社
〒100-8152　東京都千代田区大手町 1-7-1
電話　販売 03-5299-1730　編集 03-5299-1890
URL https://www.chuko.co.jp/

ＤＴＰ　ハンズ・ミケ
印　刷　大日本印刷
製　本　大日本印刷

©2023 Kyotaro NISHIMURA
Published by CHUOKORON-SHINSHA, INC.
Printed in Japan　ISBN978-4-12-207405-7 C1193

定価はカバーに表示してあります。落丁本・乱丁本はお手数ですが小社販売部宛お送り下さい。送料小社負担にてお取り替えいたします。

●本書の無断複製（コピー）は著作権法上での例外を除き禁じられています。また、代行業者等に依頼してスキャンやデジタル化を行うことは、たとえ個人や家庭内の利用を目的とする場合でも著作権法違反です。

中公文庫既刊より

各書目の下段の数字はＩＳＢＮコードです。978-4-12が省略してあります。

に-7-63
わが愛する土佐くろしお鉄道　西村京太郎
高知への帰省当日に刺殺された女子大生。事件の鍵を握るのは、四国の鉄道事情と地元の英雄である龍馬の影⁉　十津川警部は安芸へ向かう。
206801-8

に-7-67
西から来た死体　錦川鉄道殺人事件　西村京太郎
広島発のぞみの車内で女性が毒殺された。彼女は二五年前に引退した女優で、岩国と日原を結ぶ「岩日北線」の全線開通を夢見て資金集めに奔走していたが……。
206992-3

に-7-71
えちごトキめき鉄道殺人事件　西村京太郎
〈えちごトキめき鉄道・日本海ひすいライン〉の泊駅で起きた毒殺事件。被害者は、五年前の副総理暗殺事件の担当刑事で、退職してまで犯人を追っていた。
207142-1

に-7-72
松山・道後　十七文字の殺人　西村京太郎
「二人が死ぬ」「怨念」「血の匂い」。四国松山市の俳句ポストに投稿された不気味な句。投稿者の殺意を感じた十津川だが未曽有の殺人劇が開幕してしまう。
207183-4

に-7-73
京都感情案内（上）　新装版　西村京太郎
人間修業をしてこいと父親から1億円を渡され京都へ来た青年は、芸妓や弁護士、骨董の目利きらと知り合うが、都をどりのさなか彼の目前で殺人事件が！
207209-1

に-7-74
京都感情案内（下）　新装版　西村京太郎
都をどりに端を発した連続殺人事件。京都府警の捜査は難航する一方、密命を帯び身分を偽り連日お茶屋に通う十津川警部もまた、京文化の闇に翻弄される。
207210-7

や-15-18
在原業平殺人事件　新装版　山村美紗／西村京太郎
平安文学の研究者が、次々と毒殺される……。山村美紗の遺作を西村京太郎が書き継いだ、ミステリー界二大巨頭による伝説の合作。〈解説〉山前　譲
207238-1